魔王城ホテルの悪役令嬢

お客様のお悩みは、悪の知識で解決いたします

角川文庫
24538

CONTENTS

CHARACTERS

「どうしても、
復讐したい相手がいるの」

ラヴィニア・バースタイン

悪で栄えたバースタイン一族の令嬢。
悪事の知識も、それを実行する度胸もあるが、
非情になりきれないところがある。

「ここはホテルですよ。
何よりも大事なのは
お客様に決まっているではないですか」

ルードベルト・ローデングリア・アルハイム

アルハイム公国の大公にして
ホテル・アルハイムの総支配人。
魔王の末裔であり、魔性の美貌の持ち主。

イラスト／カズアキ

～ホテル・アルハイムの仲間たち～

ゼト
ルードベルトの使い魔の蛇。
ラヴィニアの監視役。

カルロ
新設されたコンシェルジュ部門の
責任者。

【清掃部門】

バーシャ
主任。厳格そうな老婦人。

マルルカ
ルームメイド。
ラヴィニアの指導役。

クイナ
ルームメイド。

シーリン
ルームメイド。

【アルハイム公国竜兵隊】

ナバル
副隊長。
ラヴィニアのことを警戒している。

アイン
隊員。硬質な髪色が
特徴的な少年。

～ホテル・アルハイムの宿泊客～

ギブソン
615号室に夫婦で連泊中。

コバック
509号室に長期滞在中。

サリーナ
赤砂大陸からの旅行者。

紺碧《こんぺき》のエルネシア湾を望む、地上八階建ての巨大な城館。かつて詩人マルセル・ゴーリーが「その姿は貴き竜《たつ》のごとく」と詠《うた》ったこの建造物こそ、世界屈指のホテルと名高い〝ホテル・アルハイム〟である。

数々の著名人たちをもてなし続け、今年で創業九十七年。百年の大台も見えてきた老舗《しにせ》中の老舗ホテルが、かつて魔王城と呼ばれていたことを読者諸賢はご存知だろうか。

いまより九十八年前、人類と魔族による大戦が繰り広げられていた時代。魔大陸全土は第十三代魔王が統治する魔帝国の領土とされていた。しかし人類連合軍側の勝利によって大戦が終結すると、間もなく魔帝国は解体され、新たに十二の国家が誕生する。

その際、生き延びた魔王一族の末裔《まつえい》も新たな国家の統治者となるが、彼らに残された領土は、魔王城を擁する旧魔帝国首都・アルハイムのみだった。

さらに末裔たちは人間側より〝王〟を名乗ることを禁じられ、アルハイム公国の〝大公〟として、小さな国を統《す》べることになる。かつて栄華を極めた一族にとって、これほど屈辱的な仕打ちはなかったことであろう。

だがそこで、初代アルハイム大公は思いもよらぬ行動に出る。

なんと、かつて恐怖の象徴であった魔王城を改築し、自らが総支配人を務める大型宿泊施設——ホテル・アルハイムを開業したのだ。

壮麗で絢爛《けんらん》な建築に、風味豊かな美食の数々。そしてきめ細やかなホスピタリティ。すべてを兼ね備えた夢のような城館ホテルの評判は瞬く間に広がり、やがて各国の王侯、資産家、文化人がこぞってホテルを訪れるようになった。以来、国際交流、芸術文化発展の場として、ホテル・アルハイムは客人たちに優雅な非日常を提供している。

「どうして初代アルハイム公は、魔王城をホテルにしたのか？」

ここまで読んだ読者の多くが、同じ疑問を抱くことであろう。ただ残念ながら、その謎はいまだ解明されていない。


——メルボ出版社『世界の名ホテル百選』より抜粋

1　悪役令嬢と魔王城

共和暦1603年、冬。アルハイム公国。

「ようこそ、ホテル・アルハイムへ。噂の〝悪役令嬢〟にお会いできるとは光栄です」

晩冬の潮風に窓を揺らすホテル・アルハイム。その一角に位置する総支配人室にて、青年がそっと胸に手を置いた。

「私は当ホテルの総支配人、ルードベルトと申します。従業員を代表して、お客様のご来城を心より歓迎いたします」

そして、なめらかに頭を下げる。優美で一分の隙もない、完璧《かんぺき》な所作だった。

「こちらこそ、お目にかかれて光栄だわ。ルードベルト・ローデングリア・アルハイム大公閣下」

天鵞絨《ビロード》の椅子に腰掛けたまま、深紅の髪の女――ラヴィニア・バースタインは艶《つや》やかな笑みを返す。同時に、彼女の細腕を縛する鉄枷《てつかせ》が『じゃらり』と無骨な音を鳴らした。

「温かなおもてなし、痛み入ります。だけどそろそろ腕が疲れてきたの。これ、外してくださるかしら」

「申し訳ございません。職員の話によると、あなたは非合法な方法で入国され、当ホテルに侵入……いえ、迷い込まれていたのだとか。他のお客様の安全のためにも、しばしそのままでご容赦ください」

ラヴィニアの要求をさらりとはねのけながら、青年は「それと」と付け加える。

「どうぞ私のことは、ルードベルトとお呼びください。ホテル内では一職員としてお客様をお迎えしておりますので」

「……ええ。わかったわ、ルードベルト」

どう呼びかけるかなど瑣末《さまつ》な問題である。少しだけ考えて、ラヴィニアは素直に了承した。すると青年――ルードベルトは、さも嬉《うれ》しそうに目を細める。黒髪の隙間から紫水晶《アメジスト》色の瞳《ひとみ》がきらめいて、不覚にもラヴィニアの胸がトクンと高鳴った。

(驚いた。噂以上の美男子ね)

ときめきを頭の隅にさっさと片づけながら、ラヴィニアは目の前の青年をそれとなく観察する。

すらりとした長身に、甘やかな顔立ち。まとう空気はどこか静謐《せいひつ》で、話す声は耳に心地よい。三揃いの礼服にはしわ一つ見当たらず、動作のすべてが洗練されていた。

(容姿などどうでもいいけれど。これほどの人物なら申し分ないわ)

ラヴィニアには後がない。

今彼女が立っているのは、一歩踏み外せば破滅の底へと落ちる崖《がけ》っぷち。その状況を打開するため、命からがらここまで辿《たど》り着いたのだ。なんとしても、この機会をモノにしなくては。

「ルードベルト。実は、あなたにお願い事があってここまで来たの」

「私に？　どういったご用件でしょうか」

「どうかこの私、ラヴィニア・バースタインと結婚してくれないかしら」

「……………ふむ」

ここで取り乱さないのは、さすがとしか言いようがない。

美しき総支配人はわずかに瞳の色を揺らしたが、客《ラヴィニア》の言葉に呆然《ぼうぜん》とすることも、冗談だと笑い飛ばすこともなく、ただ思案するように長い指を顎《あご》に置いた。

「まさか求婚されるとは思っておりませんでした。何やら事情があるご様子。理由をお聞かせ願えますか？」

「え、ええ。もちろんよ」

話が早すぎる。この青年は、見た目よりも強《したた》かな人物のようだ。

先手を打って仕掛けたつもりが逆に調子を狂わせられながら、それでも表面上は余裕たっぷりに、ラヴィニアは語り出すのだった。

「どうしても、復讐《ふくしゅう》したい相手がいるの」

「いいかい、ラヴィニア。目的のためなら、どんな悪いことも迷わずやりなさい」

それは今から十四年も前のこと。五歳の誕生日を迎えたラヴィニアの頭を撫《な》でながら、彼女の父親セオドア・バースタイン伯爵は優しい声《バリトン》でそう言った。

「世の人間は正しくあれ、誠実であれ、なんて言うがね。実のところ、悪いことをした方がずっと効率的に利益を得られるのだよ。お前が着ているドレスや靴だって、全部お父様が悪事で稼いだお金で買ったものさ」

「あくじで？」

「そう。我々一族は手段を選ばぬからこそ、ここまで繁栄した。だからお前も、くだらない道徳や常識に縛られてはいけないよ」

良識ある人には、少々行き過ぎた冗談に聞こえたことだろう。だがこの時、セオドアは至極真面目だった。

それもそのはず、ラヴィニアの生家であるバースタイン伯爵家は癒着に賄賂《わいろ》、詐欺や暗殺など、あらゆる悪事によって富を築いてきた生粋の悪人一族。その悪辣《あくらつ》ぶりたるや、たいていの歴史的事件の裏にバースタインの影がひそむほど。

悪を尊び、悪で栄えた彼らにとって、『悪人たれ』は信念であり、教育指針であり、揺るぎなき矜持《きょうじ》でもあったのだ。

そんな特殊すぎる一族の当主令嬢であるラヴィニアには、幼い頃から徹底的な〝英才教育〟が施された。

語学、ダンス、算術、法学、贈賄の作法、裏帳簿管理術、偽造文書作成――。

一般的な令嬢教育の中にしれっと交じるのは、どれも不穏な名前の授業ばかり。はじめは戸惑うラヴィニアであったが、年月を経るにつれめきめきと頭角を現すようになり、十歳となる頃には効率的な資金洗浄方法について、大人たちと議論を交わすまでに成長した。

「ラヴィニア。君は天才だな」

「あと五年もすれば、男なんて熟れたリンゴのように落とせるわ」

「いずれはとんでもない悪女に成長するのだろうね」

偽造通貨に情熱を注ぐ叔父《おじ》も、各国の要人たちを籠絡《ろうらく》してきた叔母も、百の顔を持つ諜報員《ちょうほう》の兄も、みんなラヴィニアを褒めそやしたものである。

普段は仕事でほとんど屋敷に居つかぬセオドアも、娘が特別優秀な成績をおさめた時だけは、ふらりと姿を現した。

「さすが私の娘だ。期待しているよ」

――その言葉が聞きたくて、どれだけ努力を重ねたことだろう。

バースタイン家の偉大なる当主にして、冷酷無慈悲な裏社会の王。けれども自分の前では優しく穏やかな父が、ラヴィニアの誇りでありすべてだった。

王子様なんていらない。おとぎ話みたいな恋もしなくていい。もっといっぱい勉強して、とびきり悪い大人になったらお父様のお仕事を手伝おう。

いつしか胸に宿ったのは、幼くも固い決意である。父への憧《あこが》れを募らせるたび、ラヴィニアは悪の道へとのめり込んだ。

そんな彼女に縁談が持ちかけられたのは、十八歳を迎えた年のことである。

「お前と第一王子を婚約させようと思う」

執務室に呼び出されるなりセオドアからそう告げられて、ラヴィニアはしばらく言葉を失った。

幸せな結婚など不要と思っていた自分に、王子との婚約が持ちかけられるとは。これはいったい何の皮肉だろう。

それにバースタイン家はいわゆる陰の存在。伯爵家という身分すら、彼らにとっては正体を隠すための皮に過ぎない。暗躍を常とする一族が王家と縁を繫《つな》ぐなど、まったく前例のない話であった。

「どうして第一王子と？　私が王家に輿入《こしい》れしたところで、一族に何の利もないと思いますが」

どうやって、とは聞かなかった。手段は選ばぬセオドアのことだ。すでに実行に移すための準備はできているのだろう。

「実は最近、一族の事業が立て続けに失敗していてね」

「え……」

「秘密鉱山はガスの発生で閉鎖。美術品の贋作《がんさく》工房は火事で本物ごと焼失。カペーの密輸船団はバラル海で沈没。このままでは、あと五年……いや三年もしないうちに、バースタイン家そのものが大きく傾くことになるだろう」

セオドアが口にしたのは、いずれも親族たちが多額の資金を注ぎ込んで立ち上げた大仕事だった。そのすべてが失敗するなんて不幸が、この世に起こりうるのだろうか。

だがセオドアの表情はこれまでにないほど深刻で、とても冗談だと片づけられる空気ではなかった。婚約の衝撃も忘れて、ラヴィニアはごくりと息を呑《の》んだ。

「だから私を、第一王子と婚約させると？」

「そうだ。王家という後ろ盾を使って、国内での地盤を固め直す。状況を打開するには、もうこの方法しか残っていない」

「ですが、近頃は穏やかな気性の第一王子よりも、苛烈《かれつ》で統率力に優れた第二王子こそ次期国王に相応《ふさわ》しいという声も聞きます。第一王子が王に即位できなければ、この計画は頓挫《とんざ》してしまうのでは」

「だからこそ、お前を選んだのだよ」

セオドアは立ち上がると、ゆっくり娘に歩み寄った。

「お前なら、第一王子の手綱を握り、彼を王位に担ぎ上げることもできるだろう。だから私は、可愛いお前を手放すことを決意したんだ」

そっと右手を握られる。顔を上げれば、父親の縋《すが》るような眼差《まなざ》しと視線が絡んだ。

「頼みの綱はお前だけなのだ。どうか私を――バースタイン家を、救ってくれないか」

（お父様をお助けできるのは、私だけ……）

ひとたび胸の中で呟《つぶや》くと、疑念は霞《かすみ》のように消え失《う》せて、熱い思いが胸に溢《あふ》れた。

亡くなった母の代わりに父を支える。それだけを目標にこれまで研鑽《けんさん》を重ねてきたのだ。一体何をためらう必要があると言うのだろう。

「承知いたしました」

ラヴィニアは父の手を握り返し、力強くうなずいた。

「第一王子と婚約します。お父様のご期待に、必ずやお応《こた》えします」

その日を境に、ラヴィニアの生活は一変した。

「どうして伯爵家ごときが第一王子と」

「あの家、金を相当溜《た》め込んでいるらしい。浪費家の王妃様が言いなりになるのも無理はあるまい」

「金で婚約者の地位を買うとは、なんと下劣な」

王子との婚約が公になったと同時に、ラヴィニア・バースタインの名は国中に響き渡った。夜毎《よごと》ささやかれるのは、彼女にまつわる下世話な噂ばかり。

社交の場に出れば好奇の視線がラヴィニアに注がれ、髪を留めるピンから裾《すそ》を飾るレースにいたるまで、すべてのものが値踏みされた。時には見ず知らずの令嬢たちに激しく罵《ののし》られたり、男たちから下卑た冗談を投げかけられたりすることもあった。

だがこの程度、悪の申し子であるラヴィニアには苦ですらない。

令嬢たちの罵倒《ばとう》など、小鳥のさえずりにしか聞こえなかった。自分を馬鹿にする男たちも、少し微笑みかけてやるだけですぐにころりと落とせてしまう。向けられる悪意はどれもこれもお粗末で、報復は肩についた糸くずを払うように簡単だった。

(案外、王妃になるのも悪くないかもね)

第一王子クリストフとの関係も概《おおむ》ね良好だった。

彼は良くも悪くも純真な青年だ。ラヴィニアのことを清楚《せいそ》でか弱いご令嬢だと信じて疑わず、常に紳士的に接してくれる。おかげでラヴィニアは、さほど体裁を気にせずのびのびと暗躍することができた。

これなら父親の役に立てる。一族の窮地を救うことができる。

望んだ婚姻ではなかったが、結果的にはすべてが順風満帆であるかのように思われた。

一国をじわじわと掌握していく万能感に酔いしれながら、ラヴィニアは婚約生活を満喫するのだった。

あの、悪夢のような事件が起きるまでは。

「ラヴィニア・バースタイン！　君との婚約を破棄することを、僕はここに宣言する！」

それは婚約から半年が経過した、ある夜のこと。名だたる貴族が列席する夜会の場で、クリストフが声高らかに宣言した。

「……はい？」

「君は僕を王位に就かせようと、傷害、脅迫、違法取引など、あらゆる不法行為に手を染めていたそうだな。君が犯した数々の悪行、決して見過ごすことはできない！」

完全なる不意打ちだった。つい数日前までラヴィニアに控え目な笑みを向けていたはずのクリストフが、何故か憎しみの眼差しを向けてきたのである。

気づけば周囲の取り巻きたちは、不穏を察してそそくさと壁際に退避していた。一人ホールの中央に取り残されたラヴィニアは、告発された犯人よろしくクリストフと対峙《たいじ》する羽目となったのだった。それでも取り乱さずにいられたのは、長きにわたる悪人教育の賜物だろう。

「殿下、どうされたのです。不法行為だなんていったい何のことだか」

「とぼけるな。君が裏で悪事を働いていたことは、すでに調べがついている」

確かに、多少は身に覚えがあった。

王子に色目を使ったご令嬢には直接〝挨拶《あいさつ》〟に出向いて身の程をわからせてやったし、敵対する貴族の使用人たちには〝駄賃〟をばらまき情報を横流しさせた。

他にも細々とした裏工作が十五点ほど。これで「私は清廉潔白です」と天に誓えば槍《やり》が降ってくることだろう。

だが証拠隠滅は欠かさなかったし、アリバイ作りは完璧《かんぺき》だった。口封じだって抜かりない。それなのに、陰謀策略とはおよそ無縁なクリストフが、何故ラヴィニアの所業を把握しているのだろうか。

「私はこの半年間、殿下に相応しくあろうと努力してまいりました。悪事を働くなどありえません。いったい、誰がそのようなことを？」

「確かに君は、よくやってくれた。僕とてはじめは君を信じようとしたさ。だが――」

クリストフは言葉を切ると、ラヴィニアをぎろりと睨《ね》めつけた。次いで大きく息を吸い込み、大音量で怒声を放つ。

「君はあろう事か、僕のアンナを亡き者にしようとした！　その罪、決して許せはしない！」

「は？　アンナ？」

そちらは身に覚えがなかった。アンナという名前も初めて聞く。

余計な虫が寄りつかないよう、王子の女性関係には常に注意を払ってきたつもりだ。それなのに、聞いたこともない女の名前が王子の口から転がり出てきて、はじめてラヴィニアは不安を覚えた。

「殿下。アンナとはいったいどなたです」

「王都でお針子をしている、僕の恋人アンナだ！　知らないとは言わせないぞ。三日前、君が差し向けた暴漢に襲われて、彼女は命を落としかけたのだからな！」

とんでもない告白に、ラヴィニアのみならず、事の成り行きを見守っていた客人たちまで凍りついた。

まさかの恋人。しかもお針子とは。

「捕らえた暴漢の一人が、雇い主として君の名前を白状した。こうなっては言い逃れなどできないぞ、この毒婦め」

王位継承争い真っ只中《まただなか》のこの時期に、平民女性との恋愛関係が明らかになるのは非常にまずい。だと言うのに、クリストフに口を憚《はばか》る様子はなく、彼の双眸《そうぼう》はまだ物言いたげにギラギラと輝いている。

誰があることないことを吹き込んだのかは知らないが、こうなっては己の潔白を主張している余裕もなかった。一刻も早くクリストフを衆目から切り離すべく、ラヴィニアは周囲へ呼びかけた。

「殿下はご気分が優れないようです！　誰か、殿下を別室へ――」

「この場に集う、すべての人たちよ。これがラヴィニア・バースタインの本性だ！」

だがラヴィニアの言葉は、猛々《たけだけ》しい声にかき消された。すっかり静まり返った会場に、クリストフの言葉が明瞭《めいりょう》に響く。

「とは言え、僕が平民であるアンナを愛してしまったことも、そのせいでラヴィニアの悪意を招くことになったのも事実。相応の責任を取らねば、皆も納得できないだろう」

熱っぽい口調で言い切ると、クリストフは胸元の王室紋章に手をかけた。周囲の家臣たちがぎょっとして「殿下それは」「お待ちください」と止めにかかるがもう遅い。

そのまま紋章をむしり取ると、クリストフは握りしめた拳《こぶし》をまっすぐ頭上に掲げたのだった。

「故に僕――クリストフ・ウィル・ライネリスは王位継承権を放棄する！　そしてこれからの生涯を、愛するアンナに捧《ささ》げるとここに誓おう！」


　バースタイン家本邸、執務室。

『ラヴィニア・バースタインの卑劣な悪行！　被害者が語る悪女の素顔！』

『クリストフ元王子殿下の身分差恋愛〜悪女も引き裂けぬ二人の絆《きずな》〜』

「ふむ」

　最悪な見出しが並ぶ最悪な新聞の数々を、セオドアが読み進めていく。ぺらりと紙面を捲《めく》る音が聞こえるたび、ラヴィニアは小さく体を震わせた。

　婚約破棄騒動のあと、クリストフは宣言通り王位継承権を放棄して〝ただの人〟になった。噂のアンナ嬢とは、近々婚姻予定であるらしい。

　この前代未聞の大事件は、世界各地に衝撃をもたらした。

　なにせ次なる王と目されていた人物が、平民の娘と結婚するため尊い身分を捨てたのだ。激怒した国王はクリストフに絶縁宣言を叩《たた》きつけたそうだが、それすら処分としては生温《なまぬる》かった。時代が時代なら、相手の女が首を刎《は》ねられてもおかしくないだろう。

　だが驚くべきことに、国内外の新聞各社はこぞってクリストフの決断を称賛した。

理由は、ラヴィニアにある。

「〝悪役令嬢〟か。面白い称号がついたものだね」

セオドアは最後に手に取った新聞の紙面を指先で軽く弾《はじ》いた。そこには『悪役令嬢ラヴィニアの犯罪記録！』という見出しがでかでかと印字されていた。

――結局、クリストフ王子の告発でラヴィニアが牢屋《ろうや》送りになることはなかった。決定的な証拠がないのだから、当然である。

しかし〝愛し合う恋人たちを引き裂こうとする悪女〟という存在は、人々に強烈な印象を植えつけたらしい。これに目をつけたとある新聞社が〝悪役令嬢ラヴィニア〟という見出しの号外を売り出したところ、なんとその号は新聞社創設史上最高の売り上げを記録してしまった。

そこから始まったのは、一大悪役令嬢ブームである。

悪役令嬢なる言葉に流行の兆しを見るや、どの新聞社も『身分差に苦しむ王子と平民少女の恋』と『それを邪魔する極悪非道な婚約者』の物語をこぞって書くようになった。中には脚色に脚色を加え、ラヴィニアが国家転覆を企て逮捕されたと報じる記事まで掲載されたほどである。

結果、世論はクリストフ王子を支持する声で埋め尽くされ、ラヴィニアは〝悪役令嬢〟として、一躍時の人となってしまったのだった。

「本当に……申し訳ございません。私が、未熟だったばかりに……」

体を小さく縮こめながら、ラヴィニアは声を絞り出した。

一族を窮状から救うため王子の婚約者となったのに、結婚するどころか婚約を破棄されて、挙げ句の果てに王子はただの人になってしまった。

今後しばらくは家業を手伝うことも、政略結婚の駒になることもできないだろう。なにせラヴィニアは、国内でも有数の著名人となってしまったのだから。

「こんなことになるなんて。私は、どうやってこの失態を償えば……」

失望されるのだろうか。それとも罵《ののし》られるのだろうか。不安で途切れ途切れになりながら、なんとか最後まで言い切った。

傾きかけた家門を支えるつもりが、むしろとどめの一撃を加えてしまったも同然の結果である。このままでは一族も、どうなるかわかったものではない。

いっそ泣いてしまいたい気持ちを抑えて、ラヴィニアは父の言葉を静かに待った。

だが――

「いやいや。とても素晴らしいよ」

「……え？」

返ってきたのは、晴れやかな父の声だった。見ればセオドアはにこにこと、見たこともないほど上機嫌な笑みを浮かべていた。

「期待以上だ。正直、君がここまでやってくれるとは私も思っていなかったよ」

「あの。どういうことですか」

意味がわからなかった。これほど手ひどい失敗をしたというのに、どうしてセオドアは笑っていられるのだろう。

ラヴィニアがきょとんとしていると、セオドアは奇術の種明かしでもするかのように、事の真相を飄々《ひょうひょう》と語り出した。

「実は以前から、私は第二王子殿下にお仕えしているのだよ」

「第二、王子？」

「そう、第二王子オルフェウス殿下だ。だが順当に行くと、第一王子が王位を継ぐことになるだろう。だから私は、第二王子殿下を穏便に、誰もが納得するかたちで王にする方法を考えた」

ぐらりと足元が揺れる感覚があった。涙をこらえて火照った頰から、急速に熱が失われていく。これ以上は聞いてはいけない、と本能が叫ぶが、耳を塞《ふさ》ぐこともできなくて、ラヴィニアはただただその場に立ち尽くした。

「そこで考えついたのが、夢見がちな第一王子に身分の低い女をあてがう方法だ。愛する平民の女と婚姻するため、王子という身分を捨てる——なんて、いかにも彼が好みそうな話だろう？　ただこの場合、我が子に甘い国王陛下が第一王子と平民女の婚姻を認めてしまう恐れがあった」

そこでセオドアは、震えるラヴィニアに視線を移した。

「だからお前と第一王子を婚約させたんだ。平民女にうつつを抜かした上に、大勢の前でお前との婚約破棄を宣言するような真似をされては、国王陛下であっても我が子を庇《かば》うことはできないからね」

「あ……あの……」

「で、結果はこの通り。第一王子は皆に祝福されながら継承権を手放し、第二王子殿下は自然な形で次期国王の座につくことになった。そして我々は表では落ちぶれながらも、裏では次期国王との強固な関係を結ぶことに成功したわけだ。本当に、これ以上ない結果だよ」

　長々と語ったあと、セオドアは満足そうに紅茶を口にする。

　その顔に嘘偽りの影は見当たらなかった。ただし、あえて語られずにいることが山ほどあった。

「お父様。つまりアンナという女は、お父様の手の者なのですか」

「ああ、そうだよ。王子の好みを調べ上げて、一番相応《ふさわ》しい女を用意したんだ。金を握らせ試しに王子を誘惑させてみたら、たった一日で彼を虜《とりこ》にしてくれたよ」

「では彼女を暴漢に襲わせて、第一王子に『ラヴィニアが黒幕である』と情報を流したのも」

「私だ。王子ときたら、証拠もないのにすっかり信じ込んでくれて助かったよ」

　そして義憤に駆られたクリストフは、ラヴィニアとの婚約破棄を決意することになった。つまり婚約破棄騒動の引き金を引いたのは、他ならぬセオドアなのである。

「そんな……」

ぽつぽつと見えてきた真実を前に、これまで信じてきたものが音をたてて崩れていった。それでもラヴィニアは、追及の声を止めることができなかった。

「婚約破棄がきっかけで、私の悪名は国中に広まりました。その結果、いまでは国中の民がクリストフ殿下を祝福し、誰も第二王子殿下の躍進に疑問を持とうとしません。これも、お父様の計画通りですか」

「ああ」

「なら私がこうして世間から憎まれることも、くだらない記事で悪し様に書き立てられるのも、はじめからすべて計画のうちに組み込まれていたのですね。……第二王子を、王にするために」

震える声で問いかけながら、父を真っ直ぐと見据える。

「それは違う」と言って欲しかった。「これには理由があって」と弁明して欲しかった。これまで父のために努力を重ねてきた自分が、こんなくだらぬ計画のために使い捨てられていいはずがない。

だがセオドアは取り繕おうともせず、ただ困ったように両肩を竦《すく》めてみせたのだった。

「そうだとして、何か問題でもあるのかな」

「——という経緯があって、私は悪役令嬢と呼ばれるようになったの」

身の上話を長々と語ったあと、ラヴィニアはからりと軽い口調で締めくくった。

「まさか自分の父親が黒幕だったとは、夢にも思わなかったわ」

「心中、お察しいたします。ラヴィニア様のお噂は遠く離れたこの国にも届いておりましたが、そんな事情をお持ちだったとは」

じっと話に耳を傾けていたルードベルトは、気の毒そうに眉《まゆ》を寄せる。腹の読めない青年であるが、声には憐《あわ》れむような響きがこもっていた。

（まあ、私の詰めが甘かったのも悪いのだけど）

そもそも、ラヴィニアがしっかりクリストフの心を摑《つか》んでいれば、彼がアンナとかいう女に転ぶことも、婚約破棄騒動が起きることもなかったのだ。

張り切って裏工作に注力するあまり、肝心の王子への対応を疎《おろそ》かにしてしまった。これはラヴィニアの未熟さが招いた結果とも言えるだろう。

「とにかく父は、自分の目的のため私という駒を使い捨てた。しかもそのことを、なんのためらいもなく教えてくれたわ。私がバースタイン家から離反することになっても、惜しくないと思ったのでしょうね」

バースタイン家令嬢という価値を失った小娘など、お荷物以外の何物でもない。さっさと手放した方が得である、とセオドアが考えたとしても不思議ではなかった。

『目的のためなら、どんな悪事も迷わずやれ』

それこそが、彼の信条なのだから。

「では。〝復讐《ふくしゅう》したい相手〟というのは」

「もちろん、父よ」

つとめて静かに答えるが、それでもわずかに声が震える。胸の内で怒りがふつふつと沸き立って、握りしめた拳《こぶし》に自然と力がこめられた。

「ここまで馬鹿にされて、黙っていられるものですか。こうなったらとことん反抗して、私をボロ布のように捨てたことを後悔させてやる」

「左様ですか。……ですが、それがどうして私と結婚するという話になるのでしょう」

恐る恐る、腫《は》れ物に触《つ》るように問いかけられる。

するとラヴィニアは吊り上げていたまなじりをふわりと緩め、代わりににっこりと愛らしく微笑んだ。

「復讐にはお金がいるの。そしてお金を効率的に稼ぐには、信用と身分がいる。でも私には、そのどちらもが欠けているのよね」

今思えば、新聞社にラヴィニアの記事をばらまかせたのもセオドアなのだろう。

その結果〝悪役令嬢〟の顔と名前は広く知れ渡り、ラヴィニアは表立った活動ができなくなってしまった。彼女が一族を離反したとしても簡単には報復できないよう、すでに予防線を張られていたのだ。

「だから私は、社会的に安定した地位が欲しい。それも父の影響力が及ばない、祖国から遠く離れた土地のね」

「だから私と結婚したい、と。少々、私を買い被《かぶ》りすぎですよ」

私はただのホテル支配人ですから、とルードベルトは困ったように苦笑を滲《にじ》ませる。

だがラヴィニアは知っていた。

彼は〝ルードベルト・ローデングリア・アルハイム〟。

このホテル・アルハイムの総支配人であり、かつて人間たちを恐怖の底に陥れた魔王の直系たる、アルハイム大公家の二代目当主だ。

大戦が終結し、魔帝国が崩壊して九十八年が経過した現在も、その影響力は大国の王に比肩する。彼という夫を得れば、再びラヴィニアが成り上がることも不可能ではないだろう。

「ルードベルト。四年前に亡くなったお父様は、ずいぶんと大きな負債を抱えていらしたそうね。先代大公のお祖父《じい》様も、負債を処理しきれず苦労されたと聞いているわ」

唐突に切り出されて、ルードベルトの端整な顔がぴくりと凍りついた。同時に、部屋の空気も張りつめたものに変わっていく。

彼にとって、あまり触れられたくない話題であることは明白だった。

「そこまでご存知だとは。お恥ずかしい限りです」

「大変ね。ルボワ共和国の悪徳高利貸し、ペレグリックにもかなりの額を借りていると噂で聞いたわ」

「ご心配には及びません。現在は当ホテルの収益をはじめ、アルハイム公国の経済は好転しておりますので」

「でも、すぐに返せるほどではないのでしょう」

だからあなたを選んだの。

――という台詞《せりふ》は呑《の》み込んで、ラヴィニアは懐に忍ばせていた封筒を取り出した。

「これをどうぞ。私の結婚持参金よ」

「持参金？」

警戒の色を帯びたまま、ルードベルトは差し出された封筒を慎重な手つきで受け取った。

中には折り畳まれた紙が一枚のみ。持参金と表現するにはあまりに貧相な代物である。

だが文書を開いて読み進めるうち、彼の瞳《ひとみ》が見開かれてゆくのをラヴィニアは見逃さなかった。

「これは、ペレグリック卿《きょう》の逮捕令状……？」

「の、写しよ。国家反逆罪の容疑ですって」

驚くルードベルトを満足げに眺めながら、ラヴィニアはゆったりと脚を組み替える。

「ペレグリックときたら、貴族や有力者だけでなく、反社会勢力や犯罪組織にも見境なくお金を貸していたみたい。それをどこかの誰かが密告した結果、政府から目をつけられることになったんですって」

「彼は捕まったのですか」

「ええ。今頃、厳しい取り調べを受けていると思うわ。良かったわね。もし反逆罪が確定したら、ペレグリックの私財はすべて凍結される。当然、彼があちこちに貸していたお金を取り立てることもできなくなるわ」

ルードベルトは何かを言いかけた。だがふと長いまつ毛を思案するように伏せ、「なるほど」と小さく呟《つぶや》く。

「ペレグリック卿の悪事を密告した〝どこかの誰か〟とはあなたのことですか」

言葉は返さずに、ラヴィニアはいたずらっぽく片目をつぶった。ここからが、正念場だった。

「どう。私が用意した持参金はお気に召したかしら？」

「確かに、ペレグリック卿への返済義務がなくなったら、アルハイムの負債は大きく減ることになりますね。ですが、これで私が結婚をお断りしたら、あなたが損をするだけでは？」

「残念ながら、それはないわ」

ふふ、と企むような笑みが口からこぼれる。幼い頃から「その笑い方はやめなさい」と言われ続けた悪い癖だが、これだけは止めることができなかった。

「実を言うと、私が流した情報は不完全なの。このままだと、ペレグリックは証拠が足りず釈放される可能性が極めて高いわ」

「そしてあなたの手には、ペレグリック卿を追い詰める決定的な証拠があるということですか」

「そういうこと」

ペレグリックを生かすも殺すもラヴィニア次第。彼女の気まぐれ一つで、ルードベルトの借金も桁《けた》が一つ変わるのである。

「もし私の提案を受けてくれるなら、証拠はお渡しするわ。脅しのような形になって心苦しいけど……これで、わかったでしょう」

ラヴィニアは身を乗り出して、無遠慮にルードベルトの顔を覗《のぞ》き込んだ。紫水晶の瞳に、くっきりと〝悪役令嬢〟の姿が映る。

「三年でいい。私を公妃にして。私の力があれば、残りの負債も簡単に帳消しにできる。そうすれば、あなたは二つでも三つでも、好きにホテルを経営できるわ」

「三年で帳消し、ですか。ずいぶんと大きく出ましたね」

「一時的とはいえ、公妃の座をよこせと言っているのだもの。これくらいの利益はお約束すべきでしょう」

当然のごとく言ってのけると、ラヴィニアは右手をルードベルトに差し伸べる。嵌《は》められたままの鉄枷《てつかせ》が、再びかちゃりと音を鳴らした。

「改めて言うわ。ルードベルト、私と手を組みましょう」

断れるはずがない。これは彼にとっても、またとない機会なのだから。

確信とわずかな優越感を味わいながら、ラヴィニアは相手の右手が差し出されるのをじっと静かに待ち続けた。

「副隊長！　だめですってば！」

「放せ、もう聞いていられん！」

すると部屋の外から、話し声が聞こえてくる。続いてバン！　と扉が開け放たれ、大柄な男がのしのしと応接室に踏み入ってきた。

年齢は二十代半ば程度。燃えるような赤銅色の髪に、みっしりと鍛え上げた体つき。容姿は人間の青年そのものだが、よく見れば頭上に魔族の象徴たる猛々《たけだけ》しい角が生えている。

さらにその腰元には、赤髪の男を引き止めようとしてずるずると引きずられる、小柄な少年の姿もあった。こちらはまだ、十二かそこらの年頃に見える。

「閣下から離れろ、この毒婦め」

男は少年を腰に巻きつけたまま、ルードベルトを庇《かば》うようにしてラヴィニアの前に立った。

金色の瞳で激しく睨《にら》み下ろされるが、ラヴィニアは涼しげな表情のまま首を傾げる。

「あら、どちら様？」

「俺はナバル。アルハイム公国竜兵《りゅうへい》隊副隊長のナバルだ」

「竜兵隊……」

その名前には覚えがあった。確か魔帝国が存在した時代、魔王直属の精鋭として勇名を馳《は》せたという組織の名称である。

　だが九十八年前の敗戦後、アルハイム公国は軍事力を持つことを禁じられ、竜兵隊もアルハイム公の〝私兵〟という形に格を下げられてしまった。今の彼らの仕事は、アルハイム公の私的な護衛とホテルの警備巡回だ。領内の治安維持は、もっぱら連合軍が請け負っていると聞く。

「ナバル。入室を許した覚えはないぞ」

　と、ルードベルトが鋭く咎《とが》める。次に彼は、ナバルの腰元にしがみつく少年に視線を落とした。

「それにアインも、いったい何をしている。お前たち、お客様との会話を立ち聞きしていたのか」

「申し訳ございません！」

　アインと呼ばれた少年は、弾《はじ》かれたようにナバルから体を離す。蜂蜜色《はちみついろ》の金髪頭が、床につきそうなほど勢いよく下げられた。

「決して盗み聞きをするつもりはなく！　ただ、ご報告することがあってこちらに参りましたところ、お二人の会話が廊下にまで聞こえてきて……」

「公妃の座を寄越《よこ》せと、聞くに堪えない妄言が耳に入ったので、つい」

「つい」と言いながら、ナバルには少しも悪びれる様子がない。彼は懐から芋を取り出すと、ルードベルトに手渡した。

「……これは？」

「その女の侵入経路です、閣下」

ふん、とナバルは鼻を鳴らす。

「厨房《ちゅうぼう》が仕入れた野菜の中に、注文書に記載のない芋の箱があるのを部下が発見しました。この女、国外から仕入れた野菜に隠れてホテル内に侵入したようです」

「おやおや、それは……」

ルードベルトは何か言いかけたが、紳士的な態度でもってその先の言葉を控えた。ただし魔性の美貌《びぼう》には、ほんのりと呆《あき》れの色が浮かんでいる。

「そんな方法で当ホテルの警備を突破したのですか。芋と一緒に密入国とは剛気な方だ」

「父に行方を悟られないようにする必要があったのよ」

ここで恥じらいを見せたら負けである。つんとそっぽを向いてラヴィニアは答えた。

父親への復讐《ふくしゅう》を決意した直後、ラヴィニアは痕跡《こんせき》を一切残さず家を抜け出した。だがセオドアの監視の目は世界各地に張り巡らされている。父に察知されずに遠く離れたアルハイム公国に辿《たど》り着くには、記録に残らぬ道程を選択する必要があった。だからホテル・アルハイムと取引のある野菜商を調べ上げ、その荷の中に身を潜めたのである。

結局、食品庫から這《は》い出たところで警備員に見つかってしまったのだが、目的は果たせたのだから結果は上々と言えるだろう。

「芋女の事情など知ったことか。閣下、この女は犯罪者です。身柄は竜兵隊が預かりますので、処遇は我々にお任せください」

「悪いけど、彼と交渉している最中なの。口を挟まないでくださる？」

「交渉？　悪質な犯罪者の妄言に付き合う暇など閣下にはない。お前なんぞ、芋箱に詰めて祖国に送り返してやる」

二人の間に火花が飛び散る。両者互いに譲らず、剣呑《けんのん》な空気が辺りに漂った。

「ナバル」

そこで釘《くぎ》を刺すかのごとく、ルードベルトが口を開いた。ただ名前を呼んだだけだが、先刻より一層冷ややかで、警告めいた響きだった。

「この方との話は終わっていない。退《さ》がれ」

「ですが閣下」

無言のまま、ルードベルトはじっとナバルを見据える。

これ以上言わせるな、と言わんばかりの圧に、はじめてナバルがたじろいだ。

「……承知いたしました」

主人の静かな怒りに触れたナバルは、まだ不満げではあるものの、渋々と壁際へ立ち退いた。まるで言葉もなしに獅子《しし》を調教したかのような光景だった。

（勝った）

ラヴィニアは心の中でほくそ笑む。ルードベルトの心は決まったようだ。だからこそ、彼は会話を中断させたナバルを退がらせたのだろう。

「ラヴィニア様、大変失礼しました」

「お気になさらず。主人想いの良い部下ね」

こういう時は、寛容にあしらってやる方がより嫌味に聞こえるものである。案の定、ナバルは悔しげに歯を食いしばった。

「それで、話の続きですが」

「ええ」

「誠に申し訳ございませんが、今回のお申し出はお受けできかねます」

わかってくれて嬉《うれ》しいわ。三年間、よろしくね――。

用意していた返事を舌の上にとどめたまま、ラヴィニアは硬直した。ややあって、彼女は椅子から勢いよく立ち上がる。

「待ちなさい！　あなた、断るの!?」

「はい」とルードベルトは申し訳なさそうにうなずいた。

「ラヴィニア様には、接客のご経験がないご様子ですから」

接客、未経験。

危険だからとか胡散臭《うさんくさ》いからだとか、そうした理由で提案を渋られる可能性は想定していた。だが接客未経験を理由に首を横に振られるとは、誰が予想できようか。

「たとえ一時的であっても、私の妻になるということは、このホテルの女主人になるということ。となれば当然、私の代わりにお客様のおもてなしをお願いする機会もあるでしょう。それなのに、未経験者はちょっと」

接客のことを何も知らない方に、大事なお客様をお任せすることはできませんから、とルードベルトは言う。

「それに現在、当ホテルから求人を出しているのは清掃部門だけ。私自身は伴侶《はんりょ》を募集していないのです」

「募集って」

「お力になれず申し訳ございませんが、今回はご縁がなかったということで」

しん、と室内が静まり返る。

すべらかに語り終えたルードベルトを前に、ラヴィニアはぱくぱくと魚のように口を開閉させた。

これは、いわゆる不採用通告というやつだろうか。婚約破棄をされた経験はあるが、こんな形で男性から誘いをお断りされるのは、生まれてはじめてのことだった。

「そんなことを言っている場合なの。今は接客よりも優先すべきことがあるでしょう」

「ここはホテルですよ。何よりも大事なのはお客様に決まっているではないですか」

「でも負債は。あんな返済不可能な契約で押しつけられた借金を、どうするつもりなの！」

「確かに悩ましい問題です。正直なところ、あなたの持参金もかなり魅力的ではあるのですが……。求婚をお受けできない以上、仕方ありませんね。これもお返しします」

丁寧にたたみ直した令状の写しを、恭しく差し出される。

完全なる拒絶だった。勝負をかけた持参金をつき返されては、ラヴィニアもこれ以上食い下がることはできない。震える手で紙を受け取った。

「大変複雑な事情をお持ちのようですし、城内への無断立ち入りなど諸々《もろもろ》のことは不問にふすといたしましょう。──いいな、ナバル」

「それが閣下のご意思なら」

壁際で沈黙を保っていたナバルは、直立したまま同意を示す。隣のアインは目前で繰り広げられる駆け引きについていけず、目をぐるぐると回していた。

「長旅でお疲れでしょう。部屋も一室ご用意します。ああ、それも外さなくてはいけないな」

忘れておりました、とルードベルトはパチンと指を鳴らす。するとラヴィニアの両手にはめられた鉄枷《てつかせ》がしゅるりと蛇の姿になって、体をうねらせながら床に落ちた。

「きゃ！　へ、蛇⁉」

「私の使い魔です。ご苦労、ゼト。戻っていいぞ」

労《ねぎら》いの言葉をかけられた白蛇は、「しゅー」と応《こた》えるように音を鳴らして、部屋の隅へと消えていく。奇術に翻弄《ほんろう》された子供のように、ラヴィニアは口をあんぐり開いたまま蛇の姿を見送った。

「アイン。すまないが、フロントまでラヴィニア様をご案内してくれ。部屋は本館のクラシックルームを」

「は、はい！」

主人に声をかけられるなり、ぴんと背筋を伸ばしてアインが駆け寄ってくる。

「ご案内します。どうぞこちらへ」

ぎこちない動きで扉を示されるが、ラヴィニアは動けない。

ルードベルトにあっさり拒まれたいま、これからどう行動すべきかわからなかった。

（まさか断るなんて。この人、これからどうするつもりなの！）

ペレグリックは悪名高い高利貸しだ。どんなに少額であろうと、彼に金を借りたが最後、永遠に完済できないまま人生すべてを吸い上げられる――というのは、裏社会では有名な話。あの強欲親父の唯一の美徳と言えば、相手が貧乏人だろうと王族だろうと容赦なく取り立てる公平さくらいなものだろう。

そんな悪徳高利貸しとルードベルトの父親が契約を結んだせいで、アルハイム大公家がじわじわと嬲《なぶ》られていることについては、既に調べがついていた。だからラヴィニアは、万が一にもルードベルトがこの契約を断るはずがない、と高を括《くく》っていたのである。

（とにかく、どうにかして計画を立て直さないと）

この計画にすべてを賭《か》けて、すでに有り金のほとんどをペレグリックの調査に使い果たしてしまっていた。このままではホテルの外に出たと同時に、路頭に迷うことになってしまう。

「どうかされましたか」

動こうとしないラヴィニアに、ルードベルトが声をかけた。早く出て行け、と言われるのかと思いきや、その顔は意外にも気遣わしげだった。

「ご気分が優れないようですね。早くお休みになった方がよろしいのでは」

まさか「お金がなくて、困り果てております」と言えるはずがない。自尊心と窮状の狭間《はざま》に立たされて、ラヴィニアは唇を噛《か》んだ。

(でも、細かいことを気にしていられる場合じゃないわ。せめてこの国を出るための船代と、自分で生活していけるだけの資金を用意しないと)

たらりと冷や汗をかきながら、必死に考え抜く。そこでラヴィニアは、ふと先刻の会話を思い出した。

「ルードベルト。あなた、『清掃部門は求人募集をしている』と言っていたわね」

「ええ、確かに」

どうしてそんなことを訊《たず》ねるのかと、不思議そうにルードベルトは首肯する。もうなりふりなど構っていられなかった。ラヴィニアは恥じらいと後ろめたさを一時的に胸の奥へと押しやると、深紅の髪をかきあげた。

「なら、そちらで雇っていただこうかしら」

「はあ⁉」

真っ先に、ナバルが声をあげた。よほど衝撃だったのか、赤毛が獣のように逆立っている。

「お前、何を言っているんだ！　客室清掃だぞ！」

「いやね。言葉の意味くらいわかっているわよ」

「わかっているって……お前、貴族なのだろう。掃除なんてしたことあるのか」

「問題ないわ。私、大体のことは人より上手《うま》くできるから」

愕然《がくぜん》とするナバルを軽くあしらうと、ラヴィニアは裾《すそ》を翻してルードベルトに向き直った。

「先ほどのご無礼を、どうぞお許しください」

謝罪の言葉を口にしながら、一歩前に踏み出す。

「でも私、他に頼れる方がいないの。どうか助けると思って、一時的に雇っていただけないかしら」

「そんなことを言って、まだ閣下をたぶらかそうと企んでいるのだろう。諦《あきら》めが悪すぎるぞ」

実のところ本当に困っているのだが、ナバルはほどよい勘違いをしてくれた。金に困って雇われの身になったと思われては、あまりに格好がつかない。

あえて悪い顔を作り上げて、ラヴィニアはわざとらしく語り出した。

「でもこのままだと私、父に見つかって故郷に連れ戻されてしまうわ。いざ帰国となったら大勢の記者が押し寄せて、『今まで何をしていたのか』と聞いてくるでしょうね」

「何が言いたい」

「そうしたら私、このホテルについてあることないことを口にしてしまうかも。そして翌日には私の発言が記事となって、あちこちにばら撒《ま》かれて……。まあ仕方ないわね。だって私は悪役令嬢だから」

迂遠《うえん》な脅し文句は、なかなかに効果的だった。男性陣はすっかり言葉を失って、ラヴィニアの姿を唖然《あぜん》として眺める。

「……これはこれは」

やがてルードベルトが口を開いた。苦笑いだろうか。それともラヴィニアの太々《ふてぶて》しさを面白がっているのだろうか。くつくつと笑いをこらえながら、肩を震わせている。

「さすが悪役令嬢、手強《てごわ》いですね。そこまで言われては、こちらも嫌とは言えません」

「なら――」

ぱあっと瞳《ひとみ》を輝かせたラヴィニアに、ルードベルトはゆっくりとうなずく。

「いいでしょう。春になる前に新人が欲しいと、清掃部門からも催促があったところです。あなたを採用します」

「よろしいのですか」

ナバルは戸惑いのあまり、叫ぶ気力も失ってしまったようだ。主人の決定に、ただただ困惑の表情を浮かべている。

「こんなのを送り込んだら、バーシャ殿が怒り散らしますよ」

「彼女からは、犬でも猫でも構わないから働き手を寄越《よこ》せと言われている。人間なら問題ないだろう」

失礼な会話が聞こえてくるが、文句を言っている場合ではない。顔には出さないものの、今のラヴィニアは喜んで「ニャン」と鳴けるくらいには必死だった。

「どんな仕事もやるからには完璧《かんぺき》にこなすわ。任せてちょうだい」

「良い意気込みですが、清掃は決して楽な仕事ではありません。働きが悪い場合には即日解雇もありえますのでご注意を」

ラヴィニアとて、いつまでもこのホテルに居座るつもりはない。これはあくまで次なる悪事のための資金稼ぎ。船代が貯まったら、出ていけと言われる前に退散する予定だ。

「業務の管理・指導は清掃部門責任者のバーシャに一任しております。まずは彼女に挨《あい》拶《さつ》をしてください。──アイン、ラヴィニアさんを案内できるか」

「は、はい。わかりました！」

ぴしっと敬礼すると、アインは転がるように部屋を出ていく。

そろそろ退室の時間なようだ。小柄な背中が廊下へ消えていくのを横目で確認しながら、ラヴィニアはルードベルトに一礼した。

「それではごきげんよう。総支配人」

できるだけ優雅に、妖艶《ようえん》に、切羽詰まった本心を悟られぬように、ゆったりと膝《ひざ》を折ると応接室の扉をくぐり抜ける。

——以上が、悪役令嬢ラヴィニア・バースタインがホテル・アルハイムに勤めるまでの経緯である。この時の破れかぶれな選択が、のちに世界と己の人生を大きく変えることになるとは露ほども思わぬまま、彼女は一歩大きく踏み出すのだった。

2 箒と魔眼と宣戦布告

『魔族とはすなわち、体内で魔素を生成できる亜人種のことをいいます。彼らは自ら生み出した魔素を利用することで、超常的な力を発揮するのです』

幼き頃に学んだ、女教師《ガヴァネス》の言葉が思い出される。

『また生成される魔素の質によって、外観や一部骨格に変化が生じてくるとされています。それ故に魔族の中には翼を持つ一族や角を持つ一族など、種々様々な種族が存在するのです』

教科書をなぞるばかりの授業は、ひどく単調で退屈極まりなかった。おまけにラヴィニアが子供らしい質問を投げかけると、彼女は口角を片側だけ持ち上げて、嘲笑《ちょうしょう》を飛ばしてきたものである。

『……エルフ？　ドワーフ？　はっ。それは人間が魔族より着想を得て作り上げた、架空の種族ですよ』

まだ絵本がお好きなのね、と皮肉を添えて、女教師は教科書をぱらぱらとめくった。

『魔族は人間よりも長命な傾向にありますが、それも種族によってまちまちです。危険な魔術も使用を制限されており、今では蛇を呼び寄せ、火を噴く程度の術しか残っていないと聞いております。魔族なんて、魔素がなければほとんど人と変わらぬいきもの、、、、ですよ。夢見がちな発言はおよしなさい』

その女教師とは、わずか一週間の付き合いとなった。ラヴィニアが教科書を丸ごと暗記し、女教師の不要性と侮蔑《ぶべつ》的な態度を訴えることで、彼女との契約解消を勝ち取ったのである。

どんな相手であろうと、舐《な》められてはならない。舐められた分は、きっちりとお返しをすべし。――幼いラヴィニアが女教師との確執を経て学んだのは、そんな闘志に満ちた教訓であった。

ちなみに、当時の努力の甲斐《かい》あって、今でも教科書の内容は一言一句違《たが》わず暗誦《あんしょう》できた。同時に女教師の嘲笑も思い出されてむか腹立つが、得られた知識はそれなりに役に立っている。

（この子の髪も、魔素によるものね）

従業員用通路を進みながら、ラヴィニアは目の前を歩く人影をじっくりと観察する。

ラヴィニアの案内役を言い渡された、アインという名の魔族の少年。一見すると人間の子供にも見える彼だが、ふわふわと揺れる黄金色の毛髪は、一本一本が硬質な輝きを放っていた。

同じ金髪でも、人間のそれとはまるで異なる色合いだ。悪趣味な好事家《こうずか》に売りつけたら、この髪数本でもそれなりにいい値段になるかもしれない。

「ねえあなた。アインといったわね」

「え！　は、はい」

ラヴィニアの値踏みするような視線を感じたのか、アインは恐る恐る振り返った。体を縮こまらせ、上目遣いにこちらの顔色を窺《うかが》う姿は、さながら小動物のようである。

先刻の会話から察するに、彼も竜兵隊の見習いか何かなのだろう。こんな気弱そうな子供に、竜兵がつとまるのだろうか。

「最近、悪役令嬢って言葉を聞いたことはある？」

ラヴィニアの問いに、アインは怯《おび》えきった表情で首を横に振った。

「ありません！　今日はじめて聞きました。誰かが話しているのを聞いたこともありません！」

「ルードベルトは私のことを知っていたけど」

「閣下は世界中の新聞を取り寄せていますから！　僕も言いふらしたりしませんので、許してください！」

「……そう」

軽く質問しただけなのに、何故か恫喝《どうかつ》じみた空気になってしまい、ラヴィニアは追及を打ち止めた。

祖国では名前どころか姿絵までもがばら撒《ま》かれ、迂闊《うかつ》に外へ出かけられないほどであった。だが海を一つ越えたこの国では、さしてラヴィニアの情報は拡散されていないらしい。これなら、しばらくは平穏に過ごすことができそうだ。

「つ、着きました。ここです」

廊下の途中で、アインがぴたりと足を止めた。彼が見上げるのは、両開きの重厚な木製扉である。扉には〝清掃部門事務所〟と大きく書かれたプレートが掲げられていた。

「それと、先に一つ話しておかなきゃいけないことがあって」

すぐには扉に触れず、アインはラヴィニアへと向き直った。内緒話でもするかのように、顔を近づけ声をひそめる。

「ここの清掃部門って、ちょっと独特なんです。いくつか注意しておかなきゃいけない事があって」

「注意？」

「はい。清掃部門には、大戦時代の──」

「あれぇ、アインだ。こんな所でどうしたの」

アインが語るその途中で、弾むような明るい声が挟まれた。二人がはっとして振り向くと、廊下の先に小柄な少女の姿がある。

年齢はラヴィニアより一つか二つ下だろうか。ぴょんと毛先が撥《は》ねる藍色《あいいろ》髪の隙間から、尖《とが》った耳介が覗《のぞ》いている。服装は女中風のワンピースと白エプロンという組み合わせで、片手には使い込まれた箒《ほうき》が握られていた。

「マ、マルルカさん！　お疲れ様です！」

少女の姿を認めると、アインは背筋を緊張させた。まるで上官を前にした新兵がごとく、直立不動で敬礼する。

「一人、清掃部門に新人が入りまして！　閣下に命じられて、こちらまでご案内いたしました！」

「新人⁉」

アインの言葉に食いつくように、少女がつかつかと歩み寄ってくる。彼女の大きな瞳《ひとみ》がぐりんと動いて、唖然《あぜん》とするラヴィニアの姿を捉《とら》えた。

「もしかして、新しいルームメイド⁉」

「え、ええ。私は」

「助かるよぉ！」

少女は感極まった様子でラヴィニアの両手を摑《つか》むと、上下に勢いよく振った。そのまま興奮気味にぺらぺらとまくし立てる。

「ただでさえ人手不足なのに、最近古参のメイドが立て続けに体調を崩しちゃって。冬の終わりのこの時期じゃ、求職者もいなくてずっと困っていたんだ。来てくれて本当に嬉《うれ》しい！」

なし崩し的に就職した事が、申し訳なくなるほどの歓迎ぶりである。振りほどくこともできなくて、ラヴィニアはされるがまま体を豪快に揺さぶられた。

「あの、あなたは」

「あたしマルルカ！　清掃部門のハウスキーピング担当なの。あなたのお名前は？」

「……ラヴィニア、です」

まだ揺らされながら、家名は伏せて名乗っておく。

幸い、この名前にピンとくるものはなかったようで、マルルカは「都会っぽい名前だね」とだけ言って、ラヴィニアの腕を引き寄せた。

「主任に紹介するよ。さ、入って入って」

「え、ちょっと」

返事をする間もなく、事務所の中へと引きずりこまれる。閉じゆく扉の向こうで、「ご健闘を」とアインが小さく敬礼した。

扉をくぐり抜けた先は、雑然とした空間になっていた。洗剤、ブラシ、ワックスなどがぎっしりと詰まった棚に、積み上げられた椅子や箱。その周囲にはマルルカと同じ黒のロングドレスに白エプロン姿の女性たちが、ざっと数えて十数名近く立っている。ある人は額に角を持ち、ある人は猫のような琥珀色《こはくいろ》の瞳を持ち——いずれも、魔素的特徴を有した魔族ばかりだった。

みな身支度をしながらおしゃべりに興じていたようだが、部外者《ラヴィニア》の姿を認めたとたん、会話を止めて目を丸くする。ここでもラヴィニアは、異質な存在であるようだ。

「この部屋が清掃部門の事務所だよ。仕事を始める前に、まずここにみんなで集合するの。あ、出勤したら名前を台帳に書いてね。それから制服に着替えて、朝礼が終わったら持ち場につくよ」

周囲の視線をものともせず、マルルカは早口に説明しながら室内を突っ切って行く。さらには部屋奥の『主任室』と書かれた扉のドアノブに手をかけて、勢いよく中へと足を進めた。

「主任！　入ります！」

扉の先にいたのは、眼鏡をかけた襟つめドレスの老婦人だった。年は六十半ばといったところで、灰色交じりの白髪を緩みなく結い上げている。

容姿だけを見るならば、厳格な家政婦長といった風体だ。だが魔素で輝く錆色《さびいろ》の虹彩《こうさい》が、彼女に魔女めいた威圧感を醸していた。

話の流れから察するに、この老婦人が清掃部門の長なのだろう。仕事中だったのか、彼女が向かう机の上には書類が積み重なっていた。

「……マルルカか。部屋に入る時にはノックをしてくれと、いつも言っているだろう」

至極もっともな苦言を吐きながら、老婦人が顔を上げた。だがマルルカの背後に見慣れぬ人影を認めると、ぎらりと眼光を鋭くする。

「誰だい。ここは部外者立ち入り禁止だよ」

「新人ですよ。ほら、客室清掃で募集をかけていたでしょう」

老婦人の睨《にら》みを軽く受け流すと、マルルカはラヴィニアの背中をぐいと押す。

「ラヴィニア。この人が清掃部門の主任、バーシャさんだよ。さ、挨拶《あいさつ》して」

「挨拶って、いきなり――」

心の準備もないままバーシャの前に立たされて、さすがのラヴィニアもまごついてしまう。だが弱気な態度をいつまでも晒《さら》してはいられない。ドレスの裾《すそ》をふわりとつまむと、軽く膝《ひざ》を折って一礼した。

「突然のご挨拶となり失礼いたします。本日より清掃部門で働くことになりました、ラヴィニアと申します」

令嬢教育で鍛え上げた、宮廷風の挨拶である。品格ある態度で接されると、大抵の人間は萎縮《いしゅく》するものだ。

「一日でも早くお役に立てるよう、精一杯頑張ります。ご指導、ご鞭撻《べんたつ》のほどよろしくお願いします」

そして完璧《かんぺき》なお辞儀の最後には、控えめな笑みを添える。

隣で見ていたマルルカが、「わあ」と感嘆の声を上げた。

「素敵。ラヴィニア、お姫様みたい」

――この娘には優しくしてやろう。ラヴィニアは胸の奥で密《ひそ》かに誓った。

だが相対するバーシャが漏らしたのは、不満のため息である。

「はぁ。人手を寄越《よこ》せとは言ったが、よりによってこんなお荷物が送り込まれるとはね」

「……お荷物、ですって」

聞き捨てならぬ単語を耳にして、ラヴィニアは表情を強張《こわば》らせた。そうだお荷物だよ、とバーシャは丁寧に肯定する。

「手足は細っこくて頼りないし、肌は病人みたいに生っ白《ちろ》い。おまけに混ざりもののない人間で、立ち振る舞いは上流階級そのものときた。これがお荷物じゃなくて、なんだと言うんだい」

次々と問題点を論《あげつら》うと、バーシャは長い指を机の上に突き立てる。

「いいかい、ここはホテル・アルハイムだ。世界最高峰のこのホテルで、中途半端な仕事は許されない。指にあかぎれ一つない箱入りのお嬢様が、ごっこ遊びをしていい場所じゃないんだよ」

「ですが総支配人は」

「お黙り。どんな事情があるのかは知らないが、ここはあんたの場所じゃない。荷物をまとめてとっとと帰りな」

反論を封じると、バーシャは尖った顎《あご》をくいっと動かし扉を示す。出ていけ、と言いたいらしい。

ラヴィニアは愛想笑いを凍りつかせたまま、しばらくその場に立ち尽くした。

ゴミを掃いて捨てる程度の仕事など、そこらの子供にだってできるはずだ。それなのに、どうしてこの自分が侮られなければならないのか。

他人の挑発に乗ってはならない。売られた喧嘩《けんか》は速やかに転売すべしというのがバースタイン家の教えである。だが今のラヴィニアにとって〝役立たず扱い〟は何よりも耐え難い屈辱だった。

「お言葉ですが、私は」

「もう。どうしてそんな意地悪言うんですか！」

だが舌戦開始寸前のところで、思わぬ援護があった。マルルカがやや間延びした口調で、怒りの声をあげたのだ。

「せっかく新入りが来てくれたのに、働く前から追い出そうとするなんて。客室清掃は空前の人手不足なんですよ！」

「だからって、いかにも訳ありなお姫様を働かせる馬鹿がどこにいるんだい」

お姫様、の部分に皮肉を込めてバーシャが言うが、マルルカは引き下がらない。

「私がラヴィニアに仕事を教えます。彼女が働けるかどうかは、今後の成長を見てからでも遅くないはずです。それに――」

マルルカは胸を張ると、ラヴィニアの腕を取る。

「お姫様がいると心強いよね。なにせうちのホテルには、色んな国のお姫様がお泊まりになることだってあるんだから」

「……わかった、好きにしな」

とうとうバーシャが降参の旗を振った。これ以上の面倒はごめんだと言わんばかりに、勢いよく立ち上がる。

「ただし使えないと判断したらすぐに首を切るからね。嫌ならさっさと仕事を覚えな」

「あ、ありがとうございます！」

反射的に礼を言ってしまい、ラヴィニアは自分の口を押さえ込んだ。これではまるで、バーシャに許しを乞《こ》うていたようではないか。

当のバーシャは苛立《いらだ》たしげに懐中時計を取り出すと、「チッ」と大きく舌打ちした。

「始業時間が三分遅れちまった。ほら、さっさと出るよ」

ラヴィニアを押し退けるようにして、バーシャは事務室の扉を開け放つ。

外ではルームメイドたちが、こそこそと語らいながら主任室の様子を窺《うかが》っていた。

「朝礼を始めるよ！　整列しな！」

ガラガラと錆《さ》びたハンドベルを響かせながら、バーシャが部屋全体に呼びかける。たちまちお喋《しゃべ》りの声がやんで、十数名のメイドたちが事務所中央に整列した。

「はじめに、今日から新人が一人増えることになった。名前はラヴィニアという。マルルカが指導役につくが、他の者も気づいたことがあったら遠慮なく指導するように」

「よろしくお願いしま」

「続いて昨日の反省点だ。シーリン！」

ラヴィニアの挨拶は、荒々しい声にかき消される。

いつもこの調子なのだろうか。名を呼ばれた黒髪のメイドは特に戸惑う様子もなく、澄ました顔で前に進み出た。

「303号室、浴室ゴミ箱の処理忘れ。407号室、掃除用布巾《ふきん》の置き忘れ。510号室、使用済みティーカップの交換忘れ。また509号室のお客様からは、『隣室の掃除の音が響く』との苦情があり――」

黒髪のメイドが、手元の用紙を読み上げていく。次いで他のメイドが夜番からの引き継ぎ、さらに他のメイドが本日到着予定の宿泊客リストを読み終えたところで、バーシャが内容を総括した。

「このところ掃除の粗や抜けが目立つようだね。それぞれ清掃終了前に、必ず定められた順番で抜けがないか確認をするように。人手不足は手抜きの理由にならないよ！」

「はい！」

メイドたちが一斉に応答する。重なり合った声が反響して、じりじりと壁を揺らした。

バーシャは満足そうにうなずいて、再びベルを打ち鳴らす。

「いい返事だ。ではこれにて、朝礼を終了とする。気を引き締めて行ってきな！」

いつしか事務所には、戦場さながらの空気が流れていた。きゃっきゃと談笑していたはずのメイドたちは、すっかり戦士の顔となって各々《おのおの》持ち場へと向かって行く。気づけばラヴィニアだけが私服のまま、その場にぽつねんと取り残された。

「あの。私はどうすれば――」

「じゃ、行こうか」

手持ち無沙汰《ぶさた》に視線を惑わすラヴィニアの肩を、誰かがぽんと叩《たた》く。

振り向けばやはり戦士の顔をしたマルルカが、にかりと逞《たくま》しい笑みを浮かべていた。

「働かざるもの食うべからずだよ」


なんとかルームメイドの職を得たラヴィニアは、さっそく現場に駆り出されることになった。

言われるがまま制服に着替えたのち、ブラシや箒《ほうき》を携え乗り込んだのは、従業員専用の動力式昇降機《エレベーター》である。

「このお城は、竜が翼を広げたような構造になっているの」

カタカタと上昇する昇降機の中で、マルルカはホテルの構造を説明してくれた。

「真ん中の胴体はフロントやレストランがある八階建ての本館。右の翼は大広間や礼拝堂がある東館。左の翼は公国議会や図書館のある西館。で、ほとんどの客室は本館の三階から八階にあるんだ」

そこがルームメイドの主戦場になるという。やがて昇降機は、五階でカクンと停止した。

昇降機を降りた先は、石壁が続く廊下となっていた。紺地の絨毯《じゅうたん》が敷きつめられ、瀟《しょう》洒《しゃ》なランプが揺れる内装は、西大陸の邸宅に似たつくりとなっている。だがよくよく見ると、天井や柱のあちこちに彫刻された獅子《しし》や怪物が、さも恐ろしげな顔でこちらを見下ろしていた。これは、魔王城時代の名残だろうか。

「すごいわね。今にも動き出しそう」

「昔は動いたんだけどね」

とんでもないことをあっさりと言ってのけながら、マルルカは廊下を進んでいく。用具室で掃除道具を積み込んだ荷車を調達すると、二人は客室が並ぶ廊下へ向かった。

「ホテル・アルハイムは退室手続き《チェックアウト》が午前十時まで、宿泊手続き《チェックイン》は午後三時から。清掃はお客様が少なくなる、朝八時から始めるよ」

「この札は？」

５０９号室のドアノブにかけられた札が目に留まる。試しにひょいと手に取ると、そこには入室お断り《Don't disturb.》と書かれていた。

「わあ、だめだめ！」

小声ながらも慌てた調子で、マルルカはラヴィニアの手から札を取り上げる。

「これは〝清掃に入らないでくれ〟って意思表示の札だよ。お客様の中には日中もお部屋で仕事をしたり、昼間にお休みになったりする方もいらっしゃるからね」

と解説をしながら、カートから布を取り出して札を丁寧に拭《ふ》き始めた。常に手を動かしていないと、気が済まない性分らしい。

「逆に清掃可能な場合には、清掃希望《Make up the room.》の札をかけてもらうことになっているから。連泊のお客様の部屋を掃除する時は、どんな札がかけられているか確認してね」

これくらいでいいかな、とマルルカは札の拭き残しがないか確認する。次いでドアノブも慎重な手つきで拭くと、そっと札をかけ直した。

「この部屋のお客様、すごく神経質なの。ずっと部屋にいるからなかなか清掃させてくれないし、物音をたてるだけでもすごく怒るんだ」

「そう言えば、朝礼でもそんな話があったわね」

黒髪のメイドが『509号室の客から、隣室の掃除の音について苦情があった』と話していたのを今になって思い出す。

あやうく音をたてて本人を呼び寄せてしまうところだった。509号室とはなるべく関わり合いにならないよう心に決め、ラヴィニアは扉からそっと離れた。

ルームメイド生活初日を飾る第一の部屋は、一人用のベッドが置かれた寝室と浴室だけのクラシックルームとなった。

世界最高峰のホテルの部屋とは、どれほどのものなのだろう。作法に則《のっと》りドアを二回ノックしたあと、期待を込めて扉を開ける。同時に、むわりと甘ったるい香りが鼻についた。

「う、何これ」

思わず鼻をつまんで奥へと進む。予想通り、中の様子は酷《ひど》い有様だった。

ベッドの上は獣が暴れたようにシーツが乱れ、飲みこぼしで汚れたテーブルにはグラスと酒瓶が無造作に置かれている。床の上には紙屑《かみくず》と食べカスが散らばり、浴室では使用済みのタオルがあちこちに散乱していた。

「……ひどいわね」

部屋の様子から察するに、宿泊客は昨晩一人で酒を飲み、少々羽目を外してしまったのだろう。ところが翌朝寝坊をかまし、大急ぎで身支度をすることに。それで体のにおいをごまかすために、コロンを体に吹きかけ相殺を試みた……といったところだろうか。

部屋の有様を見るだけで、朝の混乱ぶりが手に取るようにわかってしまう。

「応援を呼びましょうか」

これだけ荒れていると、どこから取りかかればよいのか見当もつかなかった。マルルカと新人ラヴィニアの二人だけでは、さすがに手が足りないのではないだろうか。

だがマルルカは、望むところだと言わんばかりに袖《そで》をまくり上げる。

「これくらいは朝飯前だよ。ちょっと見ていて」

それからのマルルカの動きは、鮮やかの一言に尽きた。

まず部屋の窓を開放し、手早くゴミ、タオル、リネン類を回収する。次に浴槽を洗うと、手垢《てあか》だらけのシンクや鏡も丁寧に磨き上げていった。さらにシーツやベッドカバーを手早く広げ、見事な箒さばきで床を隅々まで掃いていく。

「ゴミ箱に入っていないものは、どんなものでも捨てないでね」

「ベッドメイクの時、シーツを綺麗《きれい》に敷くコツがあって」

「作業中にもゴミが落ちるから、床掃除は最後にするよ」

小さな体をテキパキと動かしながら、業務の説明も忘れない。

マルルカが動くうちに、乱雑だったはずの部屋は徐々に新居のような輝きを放ち始める。最後に窓を閉め、カーテンをまとめると、小柄なルームメイドは満足げに振り返った。

「よし、こんな感じかな」

「……すごい」

清掃された部屋は、嘘のように整っていた。

室内を照らすシャンデリアに、真白いシーツがぴんとしわなく敷かれたベッド。浴室の壁は鏡面のように磨き上げられ、むせかえるようなコロンの芳香はすでに跡形なく消えている。

「この部屋、こんなに広かったのね」

改めて見ると、なんとも贅沢《ぜいたく》な部屋だ。

天井は高く、壁には腰壁や花模様のモールディングが細やかに施されている。置かれた書物机や椅子はいずれもアンティーク調の高級品で、歪《ゆが》みのない大窓からは陽光が降り注ぐ。

部屋の角には伝声管も備えられており、客はいつでも部屋から飲料や軽食など、自由にルームサービスを注文可能な仕様となっていた。

「宿泊しているあいだは、ここがお客様の〝家〟になるの。自分の家に他人の気配が残っていたら、気分が悪くて落ち着かないでしょう」

浴室に他人の毛が落ちていたり、くず籠《かご》に前泊者のゴミが残っていたり。そうした些《さ》細《さい》な事の積み重ねが、居心地の悪さを生むのだという。

「だからチェックアウト後の部屋の清掃で一番大事なことは、部屋をまっさらな状態にすること。前のお客様の痕跡《こんせき》を徹底的に消して、次のお客様に気持ちよく部屋を使ってもらうのが私たちの仕事なんだよ」

マルルカの言葉は、思っていた以上に奥が深かった。先ほどの鮮やかな手並みも相まって、彼女が頼もしく見えてくる。

「ちなみに、今の清掃は二十五分くらいかかったかな。ちょっと丁寧にやりすぎちゃった」

掃除前の荒れ具合を考えると、驚異的な時間に思われた。だがマルルカとしては、不本意な数字だったらしい。

「このホテルはどの部屋も家具が多くてお手入れが大変だから、基本二人組で掃除をしていくの。クラシックルームなら、二人で一部屋十分を目指したいね」

「十分、か」

つまりラヴィニアも、最終的にはマルルカ並の動きで清掃をしなければならない計算となる。「掃除なんて誰でもできる」と構えていたはずの自信が、にわかに揺らぎだした。

「でも、一部屋十分なら仕事は早くに済みそうね。このホテル、客室は全部で何部屋あるのかしら」

「百室だよ」

「……ひゃく？」

「ちなみにスイートルームは全三十室で、この部屋の三倍以上の広さはあるよ。でも今の時期はお客さんも少ないし、私たちに割り当てられるのはせいぜい十五室くらいじゃないかな」

十五室。

マルルカは簡単に言うが、ラヴィニアにとっては途方もない数字だった。

彼女が語る十五室の中には、ここより広いスイートルームも含まれているはず。すべてを掃除しきるのに、いったいどれだけの時間がかかるのだろう。

「部屋の清掃が終わったら、他の仕事もあるから。さ、次に行こう」

頭の中で計算を始めた新入りに、マルルカは悪意なき追い討ちをかける。どこにも逃げ場はなく、ラヴィニアは強張《こわば》る笑顔のまま次の部屋へと向かった。


結論。ルームメイドの仕事は清掃だけではなかった。

一通り部屋の掃除が終われば集めたゴミの仕分けを行い、用具室の備品補充やカートの手入れも行う。そして夕刻になれば再び客室へと赴き、寝具を整える作業《ターンダウン》を行った。

「昼間にベッドを整えたばかりなのに、どうして夕方も手を入れなきゃいけないの」

「日中でも、お客様がベッドを使うことはあるでしょう」

疲労困憊《こんぱい》の面持ちで枕を並べるラヴィニアに、マルルカは当たり前のように答えた。

「それに昼間は、寝具が汚れないようベッドにカバーをかけているの。ただそのままだと眠りづらいから、就寝時にお客様がゆっくり休めるよう、ベッドや部屋を整えるのがターンダウンなんだよ」

諭すように言われては、不満をこぼすこともできない。

そうして朝から晩まで働き通し、やっと一日の業務を終えたあと、案内されたのは、ホテル東館内の職員寮である。このうちラヴィニアにあてがわれたのは、旧市街側に面した二階の一室だった。

「もう、無理……」

部屋に入るなり、ベッドに倒れ込む。本日見てきたなかで最も狭く低品質なベッドだったが、いまは天上の雲のように心地よい。寝返りを打つと、乳白色の壁に頭がごつんとぶつかった。

室内は簡素なつくりとなっていた。家具はベッドと衣装棚、それに小さなテーブルと椅子一脚が置かれているのみ。思っていたより広さはあるが、味気ない内装はどこか監獄にも似ている。

「そろそろ夕飯の時間だよ。食堂に行こう」

マルルカに手を引かれるが、もう一歩も動ける気はしなかった。枕に顔を伏したまま、ラヴィニアは首を横に振った。

「今日は食べる気がしないの。また明日《あした》……」

蚊の鳴くような声で語る新入りを見て、マルルカも連れ出すのは不可能だと判断したらしい。「それじゃあまた明日ね」とだけ言い残して、部屋を出ていこうとする。

だが彼女が扉を開けたところで、思わぬ人物が姿を現した。清掃部門主任のバーシャが、扉の前に立っていたのである。

「あれ。主任、どうしたんですか」

「新入りに用があってね。あんたは外しとくれ」

　バーシャはマルルカを廊下に追い出すと、代わりに部屋に入ってくる。無断の入室だったが、責め立てる気力もなかった。ラヴィニアはなんとか体をベッドから引き剝《は》がすと、しかめ面の上司を出迎えた。

「あら、主任。いったい何のご用です」

「無理はしなくていいよ、お姫様。慣れない肉体労働で、ろくに体も動かないんだろう」

バーシャは近くにあった椅子に腰掛けた。眼鏡を外し、ベッドに座るラヴィニアを正面から見据える。錆色《さびいろ》の瞳《ひとみ》を直《じか》に向けられると、緊張感が一気に高まった。

「総支配人から、およその事情は聞かせてもらった。あんた、やはり訳ありの貴族だったんだね」

　事情と聞いて、息が止まる。

　ラヴィニアの警戒を気取ったのか、バーシャは「どうどう」と宥《なだ》めるように両手を上げた。

「他人の問題に口を出す趣味はないし、興味もない。言いふらすような真似はしないから安心しとくれ」

「それは……助かります」

「礼を言う必要はないよ。それに総支配人からは『一週間は雇ってやれ』とも言われている。まあ約束した期間くらいは、清掃部門《うち》が責任を持ってあんたの面倒を見てやろう」

　朝の態度が嘘のように、協力的な発言が続く。だが期待を持たせる隙すら与えぬように、バーシャははっきりと言い放った。

「――だから。あんた、明日から来なくていいよ」

「……はい？」

「給料は出してやる。この部屋も好きに使っていい。その代わり、私らの邪魔はしないでくれと言っているんだ」

　理解の範疇《はんちゅう》を超えていた。金を払ってやるから、仕事に来ないでくれ。

　それでは、ならず者にみかじめ料を渡すのと同じではないか。

「何を言っているの。あなたたちを邪魔するつもりなんてないわ」

「私はね。他人の感情が色になって見えるんだよ」

バーシャは目元を指先でとんと叩《たた》いた。

錆色の瞳が、ひときわ強く魔素で輝く。貫くように見つめられると、すべてを見透かされてしまいそうで、握った拳《こぶし》にじっとりと汗が滲《にじ》んだ。

「あんたを初めて見た時びっくりしたよ。こんな打算だらけの人間がこの世にいたとはね」

「打算？　そんな、私は」

「『精一杯頑張ります』と言った瞬間の、あんたの色ときたら。私らをどう利用できるかばかり考えて、仕事に対するやる気なんて少しも感じられない色だった」

否定の言葉が、あっさりと封じられる。そこまで的確に言い当てられては、何も言い返すことができなかった。あの時のラヴィニアは、まさにそうした感情を抱いていたのだから。

魔族の中には遠くの物を見通す目の持ち主や、動物の声を解する耳の持ち主が存在するという。バーシャの目も、そうした特殊な能力の一つなのだろうか。

「やる気があろうとなかろうと、使えそうなら残してやってもよかったんだけどね。ちょっと働いただけで動けなくなるようじゃお話にならない。下手に職場をうろつかれて、足を引っ張られるのはごめんなんだよ」

バーシャは眼鏡をかけ直すと、椅子から立ち上がった。

「タダ飯食いをいつまでも置いておくつもりはない。一週間したら追い出すから、そのつもりで準備をしておきな」

じゃあ失礼したね、と片手を振って部屋を出て行く。バタンと扉が閉じる音を聞きながら、ラヴィニアは俯《うつむ》いた。

相性が悪すぎる。

顔に感情を乗せず、心にもない言葉を吐くことに慣れてしまったラヴィニアにとって、バーシャの存在は天敵以外の何物でもなかった。だからと言って本音を晒《さら》して振る舞うわけにもいかず、対処法などなきに等しい。

（いえ。そもそも、対処なんてする必要ないじゃないの）

バーシャは『給料は出す』と約束してくれた。寝る場所を確保できた上に、働かずに金だけ貰《もら》えるなんて、これ以上ないほど好都合な話ではないか。

元より、このホテルに長居するつもりなどなかったのだ。利用できるだけ利用させてもらって、さっさと次の場所へ移るのが賢い選択というものだろう。

「……寝よう」

再びベッドに体を沈める。体は鉛のように重いのに、意識だけが冴《さ》えていた。

目的を違えてはいけない。このホテルに身を寄せたのは、父親への復讐《ふくしゅう》を進めるため。あんな老女の言うことなどに、心乱されている場合ではないのだ。

言い聞かせるように心の中で念じると、ラヴィニアは今度こそ目を閉じた。

ふと気がつくと、バースタイン家の執務室に立っていた。

滅多に足を踏み入れることを許されなかった、一族当主の仕事部屋。革張りの椅子に腰掛けるのは、憎きセオドア本人である。

瞬間、胸の奥が燃えたぎるように熱くなった。溜《た》め込み続けた不満と怒りが膨れ上がって、ラヴィニアは感情任せに声を荒らげた。

「お父様。どうして私を裏切ったのですか!」

叫び慣れない喉《のど》のせいで、声がところどころ裏返る。

「私は一族のため、これまで努力してまいりました。それなのに、どうしてあのような仕打ちを!」

教えてくれればよかったのに。信じてくれると思っていたのに。

不満の言葉は尽きないが、昂《たかぶ》る感情のせいでうまく喉から声が出ない。

もどかしさのあまり唇を嚙《か》む娘に、セオドアはいつもと変わらぬ穏やかな物腰で問いかけた。

「裏切った? 私は一族のために、必要なことをしただけだよ。お前こそ、何がそんなに不満なんだい」

「何が、って……」

「私には、一族のため娘を捨てる覚悟があった。だがお前には、一族のため捨て駒になる覚悟がなかった。結局、それだけのことではないのかな。こうして私を恨む今の姿が、何よりの証拠だろう」

否定の言葉を、すぐに返すことができなかった。

(私には、覚悟がなかった――？)

ふと浮かんだ疑念が、胸に染みを広げていく。

一族のためなら、どんな汚れ仕事も引き受けられると思っていた。それなのに、どうして自分は父に怒りを抱いているのだろう。

自問するうち、いつの間にかセオドアが目の前に立っていた。セオドアは目を細めると、娘の肩に右手を置く。

「だがお前が望むなら、もう一度機会をあげよう」

「……機会？」

「私のために、死んでくれ」

とん、と肩を押された。よろめいたラヴィニアは、昇降機の床に尻《しり》をつく。はたと顔を上げた時には、蛇腹の二重扉が勢いよく閉じられた。

「待って！」

慌てて扉に駆け寄るも、その時には昇降機は下降を始めていた。

ロープが切れる音がする。耳をつんざく金属音が、悲鳴のように空気を揺らす。

「お父様！　助けて！」

ラヴィニアは、必死に父に呼びかけた。けれども鉄箱を揺らす轟音《ごうおん》が、彼女の声をたやすくかき消す。

「私は。私はただ、お父様に――」

もはや届かぬ声を振り絞って、何もない宙に腕を伸ばす。

その時。落ちゆくラヴィニアの手を、誰かが強く引き上げた。


「！」

目が覚めたら、体が半分ベッドからずり落ちていた。視線を横にずらせば、すぐ目前に床が見える。

「夢、か……」

どうやら悪夢にうなされ、あわや頭を強打する一歩手前のところだったらしい。

「くそ。よりによって、あんな夢を見るなんて」

柄にもない罵倒《ばとう》の言葉が口をつく。父親相手に喚《わめ》いた挙句、命乞《いのちご》いまでするなんて、最悪を煮詰めたような悪夢だった。

ベッドから落ちかけたのも、悪夢のせいだろう。幼い頃から寝相の悪さには定評があるが、こんなひどい目覚め方をしたことはない。誰かに見られなくてよかった、と安堵《あんど》を噛み締めながら、ラヴィニアは体を起こそうとした。

——だが左手が思うように動かない。見れば手首に何かが巻きついて、ラヴィニアの手をベッドのフレームに固定しているではないか。

「なにこれ……」

薄闇のなか目を凝らしてみると、手首が縄で繋《つな》がれていた。このおかげで転落せずに済んだようだが、当然ながら手首を縛った覚えはない。

しばらく考えを巡らしたのち、縄を軽くつついてみる。すると突然、縄がぐにゃりと蠢《うごめ》いて、体を蛇のようにうねらせ始めた。さらにもう一度つついてみると、「しゅう!」と声をあげて、ラヴィニアの手首からぽとりと滑り落ちる。

その姿はすでに縄ではなくなっていた。

白く滑らかな、鱗《うろこ》模様の細長い体——

間違いない。縄の正体は、応接室でラヴィニアの手首を拘束したルードベルトの使い魔、ゼトであった。

ゼトは慌てた様子で左右をキョロキョロと見回していたが、やがて顔先を壁に向けると、その場から逃げ出そうとする。すかさずその首元を片手で掴《つか》んで、ラヴィニアはゼトの体を持ち上げた。お家柄、蛇の扱いには慣れているのだ。

「逃げようとしたらただじゃおかないから」

低い声で囁《ささや》くと、ゼトは「しゅっ」と恐怖の声らしきものを漏らして硬直した。その隙に明かりをつけて、窓辺に腰掛ける。

ゼトの体は滑らかな銀白色で、頭は丸みのある形をしていた。口の中には小さな歯が並んでいるが、毒牙《どくが》らしきものは見当たらない。雌雄の確認も試みるが、こちらは全力で拒否されたため中断とする。

「あなた、ルードベルトの使い魔だったわね。乙女の部屋に忍びこむとはいい度胸じゃない」

ゼトは「しゅぅ」と力無い音を発した。どこからどう見ても蛇なのだが、言葉は通じているらしい。

「覗《のぞ》き見でもしていたの？　使い魔にこんなことをさせるなんて、あの男も結構な趣味をしているのね」

「しゅう！　しゅう！」

摑まれたまま、ゼトがウネウネと体をくねらせ何かを訴える。「ご主人様はそんな人じゃない」とでも言いたいのだろうか。

確かに、ただ監視するつもりだったなら、ラヴィニアの転落など放っておけばよかったはず。それに、怪しさの塊のようなラヴィニアを雇い入れたのは、ルードベルト本人だ。それなのに、わざわざ手間をかけて監視の目をつけるほど、あの男も間抜けではないだろう。

「もしかして、私がご主人様の敵になるんじゃないかと心配になって、自分の意思で監視に来たのかしら」

「しゅう」

「それとも、他の誰かに命じられた？」

「しゅう」

何を言っているのかわからない。だがこれ以上追及する気にもなれなくて、ラヴィニアは「ま、いいわ」と話題を流した。

さすがに「しゅう」だけでは、得られる情報に限界がある。

「今日のことは許してあげる。ベッドから落ちそうになったところを、助けてくれたみたいだしね」

「しゅ……」

それにゼトのおかげで、ラヴィニアは悪夢の最後を見ずに済んだ。これだけでも、十分感謝に値するだろう。

『私には、一族のため娘を捨てる覚悟があった』

夢の中で父に向けられた言葉が、頭の中で反響した。実際に言われたわけではないが、これが真実なのだと今は思う。

セオドアにとって、ラヴィニアは捨てても問題ないほどの価値しかなかった。だから捨てられた。端的に言うと、舐《な》められたのだ。

こいつは使えない。役に立たない。もう用済みだからいらないと――。

「ねえ、ゼト」

「しゅ？」

「今回のこと、ルードベルトには黙っておいてあげる。あなただって、悪気があったわけではないのでしょう」

急に柔らかな口調で語り出したラヴィニアを、ゼトは不思議そうに見上げた。

黒くつぶらな瞳《ひとみ》を見返し、ラヴィニアはとびきり悪い笑みを浮かべてやる。

「その代わり、あなたしばらく私の子分ね。言うことを聞かない場合は、『アルハイム公に覗き見された』と大騒ぎするから」

「しゅ！」

「ご主人様の名誉は守らなくちゃね。じゃ、おやすみなさい」

言うだけ言うと、答えも聞かずにラヴィニアはベッドに潜り込んだ。

まずい相手に弱味を見せてしまったと、ゼトもようやく気づいたのだろうか。窓辺から、彼は「しゅうぅ」と悲鳴のような声を響かせたのだった。


翌日ラヴィニアは、朝一番に食堂へと赴いた。

丸パン二つにリンゴ、目玉焼き、ハム、豆の煮込み。最後に舌が火傷《やけど》するほど熱いお茶を飲み干して、空っぽの胃をしっかり満たす。

次に部屋に戻ると、顔を洗って制服に着替え、紅《あか》い髪は地味な三つ編みにした。

「どう？　リボン、ちゃんと結べている？」

「しゅう」

ひびの入った姿見の前に立ち、背中側もゼトに確認させたら寮の外に出る。目指すはもちろん、清掃部門事務所だ。

「おはようございます」

事務所の扉を開く。中にはちらほらとメイドたちの姿があった。バーシャも夜勤明けのメイドと何やら語らっているが、ラヴィニアの声を聞きつけて勢いよく振り返る。

「あんた……」

「主任、昨日はお見舞い、ありがとうございました」

眉間《みけん》にしわを寄せるバーシャに、これ以上ないほどの笑顔を作って見せる。

「激励のお言葉、大変胸に染み入りました。精一杯頑張りますので、今日も一日よろしくお願いします」

「……何を考えているんだい」

バーシャは指先で眼鏡をわずかにずらした。見透かす瞳が、ラヴィニアの真意を暴かんと向けられる。

「あら、なんのことでしょう」

それでも愛らしい笑みを絶やさず、ラヴィニアは小さく首を横に傾げた。

今頃バーシャの目には、ラヴィニアの周囲に燃えたぎる闘志がはっきりと映し出されていることだろう。

舐められてたまるものか。父親にも、このホテルにも。

3　ルームメイドと狙撃銃

「あの新人、いつまで続くかな」

615号室ジュニア・スイートルームで、ルームメイドのクイナはふと疑問をこぼした。浴室の鏡を拭《ふ》くシーリンは、「さあ」と興味のかけらもない返事をする。

「ルームメイドって柄じゃなさそうだし、もって一週間ってところじゃない」

「やっぱそう思う？　あの子、なんだか訳ありっぽいよね」

数日前、前触れもなく現れた新入りには、角もなければ尻尾《しっぽ》もなかった。立ち振る舞いは淑《しと》やかで、話し方には品がある。「あれはいいとこのお嬢様だね」と、他のメイドたちも囁《ささや》いていた。

ルームメイドの仕事はなかなか過酷だ。煌《きら》びやかな世界に憧《あこが》れてメイドを志願する少女は多いが、その大半は内情を知ると逃げるように辞めてしまう。入職して二日目で職を辞す——なんて話も珍しくはなく、新入りが現れると「今度はいつまでもつかな」と予想するのが古参陣のささやかな楽しみだった。

あんな手入れの行き届いた猫のようなお嬢様が、汗水垂らして他人の部屋を掃除するなど無理に決まっている。三日もすれば泣いて辞めたいと言うに違いない、というのが大半のメイドたちの意見だ。

何よりあの新入りは、バーシャにひどく嫌われているようだった。ホテル・アルハイム三大女傑の一人に目をつけられては、どんな人間でも長続きはしまい。

「あーあ。もっと続きそうな人を雇ってくれればいいのに。これじゃ仕事が楽にならないよ」

不満を漏らしながら、クイナは鏡台の掃除に取り掛かった。羽根箒《はねぼうき》でほこりを落として、鏡を丁寧に拭き始める。

現在、615号室にはギブソン夫妻が連泊中だ。なんでも夫人の方は化粧品会社を経営する敏腕女社長だそうで、日頃から市場調査のために各地の化粧品収集に勤《いそ》しんでいるという。

そんな彼女が使う鏡台の上には白粉《おしろい》や頬紅、口紅など、色とりどりの化粧品がずらりと並んでおり、その数たるやこのまま店を開けそうなほどだった。

「あ、シュシュメアリの新色だ。いいなぁ、ここの口紅発色がいいんだよね」

「あんまりじろじろ見ちゃだめよ」

浴室の清掃を終えたシーリンが、じとりと睨《にら》みをきかしてくる。

「この前、お客様の荷物を触って怒られたでしょう。自重しなさい」

「嫌なこと思い出させないでよ」

過去の失敗を掘り返されて、クイナは不満げに唇を尖《とが》らせた。

あれは一ヶ月前、とある連泊客の部屋を清掃した時のことだった。本を乱雑に積み上げた机の上を丁寧に整頓《せいとん》してやったところ、客が顔を真っ赤にしてフロントに怒鳴り込んできたのである。

『メイドが本の順番をめちゃくちゃにしたんだ！　どうしてくれる！』

ただの散らかった机にしか見えなかったが、客にとってはなにがしかの規則性があったらしい。なら入室お断りの札をかけておいてよ、という不満の言葉を呑《の》み込んで、クイナは謝罪をする羽目になったのだった。

『お客様にとって、ホテルの部屋は自分の家も同然。それなのに、他人に私物を触られたり、物の配置を換えられたりしたらいい気はしないだろう』

のちに慰め半分、説教半分の口調でバーシャに言われたものだ。以来クイナは、宿泊客の私物の取り扱いに細心の注意を払うようにしている。

「はい、こっちも完了」

最後の掃き掃除も終えて、クイナは屈《かが》めていた腰をぐいっと伸ばした。部屋には髪の毛一本落ちていない。完璧《かんぺき》な清掃である。

だが二人が最終確認を終えたところで、突然部屋の扉が開け放たれた。現れたのは、夫のギブソン氏だった。

「き、君たち……」

「ギブソン様。お邪魔しております」

　クイナとシーリンはすぐさま軽く膝《ひざ》を折った。

　荒い息、汗ばんだ肌、あちこち着崩れた服。どうやらギブソン氏は、部屋まで走ってきたらしい。

　何か急ぎの用事があるのかもしれない。ここは早々に退室した方が良さそうだと考えながら、クイナは氏に微笑んだ。

「ただいまお部屋の清掃が完了しました。どうぞおくつろぎ――」

「君たち！　何か見つけなかったか⁉」

　被《かぶ》せるように、ギブソン氏が叫んだ。

　何か、という漠然とした問いに、メイド二人は顔を見合わせる。目線だけで相談すると、まずシーリンが口を開いた。

「もしかして、落とし物でしょうか。城内での落とし物でしたら、至急担当部署に確認いたします」

「あ、いや」

　ギブソン氏は目を泳がせた。もぞもぞと、はっきりしない声で言う。

「この部屋に、何かあるかもしれないんだ。でも、何があるかはわからない」

「……はい？」

「でも見つけないと、大変なことになるんだよ。とにかく、手伝ってくれ！」

昨日の晩、ギブソン夫人は郊外の友人宅に招かれ、そこで一泊する予定となっていた。一方ホテルに残された夫のギブソン氏は暇を持て余し、ホテル・アルハイムのバーで一人グラスを傾けていたという。

するとそこに、一人の妙齢女性が現れた。同じくパートナーから置いてきぼりを食らったという彼女と、ギブソン氏は意気投合。夜半を過ぎても話題は尽きず、彼は女性を部屋に招くことにした。

「言っておくが浮気ではない。彼女とは部屋で飲み直しただけなんだ」

「左様でございますか」

クイナたちは、無感情な相槌《あいづち》を打つしかない。

結局朝まで飲み明かしたギブソン氏は、早朝女性をホテルのロビーに送り出した。彼女を部屋に上げた痕跡《こんせき》は、ルームメイドたちに消してもらおう。そう考えた彼は、部屋に戻らず近場のブラッスリーで優雅に朝食を楽しむことにした。そして食事を終え、葉巻をゆったり嗜《たしな》んだところで、見知らぬ紳士に声をかけられたのである。

『失礼。昨日、ホテル・アルハイムのバーで女性とご一緒ではありませんでしたかな』

『え、ええ。それが何か？』

声をかけてきたのは、同じくホテル・アルハイムに長期滞在中の客だった。彼も昨晩バーにおり、そこでギブソン氏と女性が二人でいるところを見かけたのだという。

『気をつけた方がいい。彼女、前にも新市街のホテルで騒ぎを起こしているのですよ』

『騒ぎ……？』

『なんでも、奥方が不在の隙に既婚者の部屋に上がり込み、去り際にわざとハンカチやら指輪やらを置いていくのだとか。それを奥方が見つけて夫婦喧嘩《げんか》に発展、となったわけですな』

この話は、アルハイムの既婚男性のあいだでは有名な話らしい。

女は夜になるとあちこちのバーに出没し、旅行中の既婚男性に声をかける。そして男性の部屋に上がり込んでは、上記の手口で夫婦の仲を引き裂くというのだ。

『どうしてそんなことを』

『ゴシップ記者と組んで、わざと著名な夫婦の仲を引き裂いているという噂もあります。とにかく、はやく部屋に戻ったほうがいい。奥方に見つかったら大変な目に遭いますよ』

親切な紳士に礼を言うと、ギブソン氏は大慌てで部屋に戻った。そしてクイナたちと鉢合わせして、現在に至る。

「というわけで、あの女が何か残しているかもしれないんだ。チップはくれてやる。部屋の隅々まで捜してくれ！」

「すでに清掃を終えましたが、それらしい落とし物は見つかっておりません」

事態が複雑化する前に話を終わらせようと、クイナは慎重に言葉を選んだ。

「その女性、何も落としていないのでは？　あるいは、ブラッスリーの紳士の勘違いである可能性も……」

「絶対に落とし物はなかった、と断言できるのか⁉」

興奮した様子で、ギブソン氏は声を荒らげた。

「妻は嫉妬《しっと》深い女なんだ。また私が浮気をしたと思ったら、容赦なく離婚届を突きつけてくるだろう。そうなったら私の事業への支援も断たれ、部下たちは路頭に迷うことになる。多くの人間の人生が、一瞬にして瓦解《がかい》するんだ。たかが魔族の小娘に、その責任が取れるのか⁉」

とうとう責任を押しつけられそうになり、クイナは閉口した。相手がお客様でなければ、とっくに頰を叩《たた》いているところである。

また、ということは、ギブソン氏には前科があるのだろう。それなのに女性を部屋に連れ込む時点で、自業自得の何物でもないではないか。

相棒のシーリンも同じ気持ちであるようで、彼女はいつもの素っ気ない表情のまま、棘《とげ》を忍ばせた声で氏に提案した。

「お客様の荷物や戸棚の中に、物を隠された可能性もあるかと存じます。まずはそちらからお捜しになってはいかがでしょうか」

「いや、彼女は荷物に触れていない。なにせ、常に隣で私が見ていたからな」

「………」

苦しい主張を振りかざして、氏は命じるように二人を指差す。

「いいから捜せ！　妻が戻るまで、あと一時間もないんだ。それまでに、この部屋を隅から隅まで確認しろ！」

もう一度、クイナとシーリンは顔を見合わせた。

これはもう、ルームメイドの手には余る事態である。どうにか氏を宥《なだ》めすかして、上の人間を呼ばなければ。

「あの、ギブソン様」

「そう言えば、廊下にも一人メイドがいたな。そいつにも手伝わせよう！」

ギブソン氏は聞く耳も持たず、さっさと廊下へ駆け出してゆく。「おい！」「きゃあ」と短いやり取りが聞こえたのち、氏が腕を引いて連れてきたのは噂の新入り、ラヴィニアだった。

「あの、これはいったいどういうことでしょう」

状況もわからぬ新入りは、おろおろと先輩メイドに救いを求める瞳《ひとみ》を向けた。そんな彼女に、ギブソン氏は謎の女の概要を一方的に語り出す。

（ああ、よりによってどうしてこの子を）

クイナは心の中で頭を抱えた。

ただでさえ、彼女は仕事に不慣れなお嬢様なのだ。こんな面倒ごとに巻き込まれては、

「もういやだ」と泣き出されたっておかしくない。

どんな状況であっても、新人を導いてやるのが先輩メイドの役目である。なんとか彼女だけでも、この部屋から脱出させてやらなくては。

「なるほど。女が残した痕跡、ですか」

ところがラヴィニアの表情は、クイナの思いに反してみるみるうちに落ち着きを取り戻していった。彼女は探偵のように「ふむ」と腕を組むと、まず部屋を見回し、次にギブソン氏をじっと見つめる。

「な、なにかね」

「襟元が乱れていらっしゃるようです。お手伝いしてよろしいですか」

と言うやいなや、ラヴィニアは勝手にギブソン氏の襟を正しはじめた。棒立ちになった氏のシャツを整え終えると、「うん」と確信を得たように深くうなずく。

「もしかしたら、その女性が部屋に残した落とし物の正体がわかったかもしれません」

ギブソン氏とクイナたちは、揃って目を見開いた。

ろくに部屋を見たわけでもないのに、話を聞いただけで落とし物がわかった？

そんなことがありえるのだろうか。

「はじめに、その女性は手練《てだ》れの別れさせ屋と予想されます」

別れさせ屋。普通に生きていたら一生口にすることのなさそうな単語が、何故かラヴィニアの口から飛び出てくる。

そもそもそれは、どういう職業なのか。クイナたちは首を捻《ひね》るが、ラヴィニアはごく当然の知識であるかのように話を進める。

「加えてその女は、あちこちのホテルで噂になるほどの犯行を重ねている。ならば一定レベルのホテルには清掃が入ることも、当然把握していることでしょう」

「だからなんだというのだね」

答えを急《せ》かすように、ギブソン氏が口を挟む。これにラヴィニアは、教師のような口ぶりで応《こた》えた。

「清掃があることを把握している——つまり女性が、ただ床やベッドに物を落とすような、安易な真似はしないだろうと考えられるのです。そんなことをすれば、清掃の段階でルームメイドに落とし物を発見されてしまいますから」

「つまり、私たちの目が届かない場所に物を隠したってこと？」

問いかけながら、クイナは考える。

自分たちが、清掃する際に確認しない場所とはどこだろう。たとえば装飾用の花瓶の中や、重い家具の下。あるいは絵画やカーペットの裏——。

「その通りですが、難易度の高すぎる場所に物を隠すこともないでしょう。女の目的は、〝奥様に自分の痕跡を気取らせること〟なのですから」

「だとしたら、お客様のお荷物に紛れ込ませるしかありませんね」

静かに様子を見守っていたシーリンが、ギブソン氏に視線を送る。

「お客様の荷物や棚の中ならば、我々が触れることもありませんから」

「だから、それはないと言っただろう！」

氏はすぐさま反論する。だが最後に、聞き取れぬほどのかすかな声で「……たぶん」とつけ加えた。

「いいえ、一箇所だけあるはずです。ギブソン様の前でも不自然なく女性が近づき、こっそりと物を隠せる場所。そして我々ルームメイドが、触れることのない場所が」

とうとうラヴィニアが、探偵よろしく最後のヒントを提示してくる。

三人はしばし考え、ラヴィニアの視線の先を辿《たど》り――そこにある物をみて、「ああ！」と揃って声を上げた。

「まさか、鏡台!?」

「その通り」

ラヴィニアは鏡台に歩み寄ると、その上に並ぶ化粧品を覗《のぞ》き込んだ。「触れてもよろしいですか？」とギブソン氏の了解を得ると、一つ一つ口紅を手に取っては、清潔な白布巾《ふきん》に塗りつけ色を確かめていく。

「ギブソン様。その女性は、鏡台を使って口紅を塗り直していたのではないですか」

「し、していた！」

首がもげそうなほどうなずきながら、氏も鏡台に歩み寄った。

「高価なものを盗まれたらたまらないと、ずっと女を監視していたんだ。だが口紅を塗り直したいと言われた時は、特に何も思わなくて」

「女性が化粧を直すのは、ごく自然なことですからね。彼女が自分の口紅を取り出し鏡に近寄ったなら、ギブソン様が不自然に思わないのも当然のことでしょう」

ラヴィニアはゆったりとした手つきで、三つ目の口紅を手に取る。

「そして女性は、ほんのわずかな隙に自分の口紅を奥様の化粧道具の中に紛れ込ませたのです。この方法なら、化粧に疎い男性が異物に気づくことはありません。当然ながら、お客様の私物に紛れた口紅を、我々メイドが拾い上げることもないでしょう」

「だけど、化粧道具の持ち主である奥様だけは、増えた口紅に必ず気づく……」

自分で口にしながら、クィナは軽く身震いした。

なんと恐ろしい手口だろう。熟《こな》れたやり方に、底知れぬ悪意を感じる。

お前の夫と一夜を過ごしたぞ、という妻に向けたメッセージ。その痕跡《こんせき》を見つけた時、ギブソン夫人はどんな思いをするのだろう。

「おい、早くしろ。さっさとあの女の口紅を寄越《よこ》せ！」

急に勢いを取り戻したギブソン氏は、傲慢《ごうまん》な口ぶりでラヴィニアに指図する。

そんなこと、メイドにわかるはずがないではないか。あまりに身勝手な彼の振る舞いに、クィナはだんだんと腹が立ってきた。

そもそも奥方が不在の時に、見知らぬ女性を部屋に上げる方が悪いのだ。それなのに、さも被害者のように振る舞って、恩人であるラヴィニアを怒鳴りつけるとは恥知らずにもほどがある。

　もう我慢の限界だ。ここは後輩のためにも、一言がつんと言ってやらなくては。

「ギブソン様。お言葉ですが――」

「ありました。この口紅です」

　クイナが抗議の言葉を口にしかけたのと同時に、ラヴィニアが一つの口紅を掲げた。蓋《ふた》に花模様が描かれた容器を、彼女は迷いなく氏に差し出す。

「これか!?　これなんだな!?」

「はい、間違いなく」

　食いつかんばかりの勢いで迫るギブソン氏に、ラヴィニアは自信たっぷりにうなずく。氏はひったくるように口紅を受け取って、さっそく中を検《あらた》めた。

「そうだな。言われてみれば、確かにこんな色をつけていたような……」

「あなた、ただいま！」

　溌剌《はつらつ》とした女性の声が、扉の方から聞こえてくる。ギブソン氏はぎくりとすると、素早く口紅を懐にしまいこんだ。

「おお、マリリン！　待っていたよ！」

　どうやら夫人が戻ってきたらしい。先ほどの横柄な振る舞いが嘘のように甘い声で応えると、ギブソン氏はクイナたちに小声で囁《ささや》く。

「とにかく、この件は他言無用だからな。さあ、出ていけ！」

チップをラヴィニアの手に捩《ね》じ込んで、追い払うように三人の背中を押す。

押されるまま三人が扉に近づくと、ちょうど部屋に入るギブソン夫人と顔を合わせるかたちとなった。

「あら。ごめんなさい、まだお掃除中だった？」

夫人はメイド三人の姿を認めると、大きな瞳《ひとみ》を丸くした。毛皮のコートを脱ぎながら、申し訳なさそうに部屋を見回す。

「ちょうど終わったところだよ！　諸君、ご苦労だったな！」

とギブソン氏が代わりに答え、メイドたちを無理やり扉の外へと押し出した。

「あの、ギブソン様。まだ」

ラヴィニアが何か言いかけるが、会話を断ち切るように扉が勢い激しく閉ざされる。

やがてその向こうから、仲睦《なかむつ》まじい夫婦の会話が漏れ聞こえてきた。

「おお、ダーリン！　君がいない夜は凍えるように寒かったよ！」

「まあ、寂しがりやさんなんだから」

これ以上立ち聞きするわけにもいかない。まずは615号室から離れるべく、三人は用具室へ向かうことにした。

「あなた、すごいのね。探偵みたいだった」

廊下でのおしゃべりは厳禁だが、クイナは我慢しきれずラヴィニアに語りかける。いつもは諌《いさ》め役となるシーリンも、この時ばかりは「本当に」と同意した。

「おかげさまで助かったわ。ありがとう」

「お力になれたならよかったです」

ラヴィニアは控えめに笑った。誇る様子も恩着せがましい様子もない。

あ、この子いい子かもと、クイナはこっそり考える。

「でも、ちょっと複雑。あの奥様、いつもメイドに声をかけてくれる素敵な方なんだよ。あんな人を裏切っておきながら、夫の方はお咎《とが》めなしなんて」

「私たちにあの方を裁く権利はないわ。気にしないことね」

シーリンの言葉に、「わかっているけどさ」とクイナは頰を膨らませた。

確かに、クイナたちルームメイドに客を批判する権利はない。だがあの夫人が裏切りに気づかないまま夫と過ごすことになるのだと思うと、やりきれないものがある。

夫人もまた、クイナたちの大事な客人なのだ。彼女を騙《だま》すような真似に、加担してよかったものだろうか。

「ああ、そう言えば」ふと先刻の疑問を思い出して、クイナはラヴィニアの顔を覗き込んだ。

「どうしてあの口紅が、女のものだとわかったの。奥様がどんな化粧品を持っていたかなんて、あなたは知らなかったでしょう」

ここ数日、615号室の清掃担当はクイナとシーリンの二人組だった。新入りのラヴィニアが、ギブソン夫妻の持ち物を知り得たはずがないのだ。

いったい、どんな名推理が炸裂《さくれつ》したのだろう。期待に瞳を輝かせて、クイナはラヴィニアの答えを待つ。

だがラヴィニアの答えは、予想と大きくかけ離れたものだった。

「だって、ギブソン様のシャツに口紅の跡が残っていましたから。私はその色と同じ口紅を選んだだけですよ」

「……え？ シャツに？」

「はい。襟の内側に、キスマークがそれはもうべっとりと。目立たない場所ですが、襟元が乱れていたのでちょっとだけ見えたんです。きっと、お別れの抱擁をした隙に跡を残されたのでしょうね」

ラヴィニアの淡々とした語り口に、どこか悪魔めいた響きが加わり始める。

そう言えば、ギブソン氏から事のあらましを聞かされたあと、彼女はいきなり氏の襟を正し始めた。あの時すでに、真相を見抜いていたということだろうか。

「首元からは、わずかに香水の匂いもしました。うっかり奥様と抱擁でもしようものなら、異変に気づかれてしまうかもしれません。そうしたら――」

「あなた！ これは何なの！」

突如、女性の怒声が響き渡る。ギブソン氏の部屋からだった。さらに物がひっくり返るような音、男の情けない悲鳴があとに続く。

「ま、まさか」

「まあ、残念。教えてさしあげようと思ったのに、私たちを追い出したりするから」

なんとも気の毒そうに、ラヴィニアは眉《まゆ》を下げる。

だがその瞬間、彼女の口元がわずかに歪《ゆが》むのをクイナは見た。邪悪で底意地の悪そうな、黒い笑み――。

「では、急いで警備を呼んでまいります。このままだと、他のお部屋への迷惑になりかねませんので」

ぱっと表情を切り替えると、ラヴィニアはぱたぱたとその場を駆け去っていった。残されたクイナとシーリンは、愕然《がくぜん》としてしばらくその場に棒立ちとなる。

もしかして、彼女はこうなることを見越していたのではないだろうか。

だからギブソン氏に、襟元のキスマークを指摘しなかった。探偵のような口ぶりで推理劇を繰り広げ、夫人が到着するまでのあいだ時間を稼いだ……。

「久しぶりに、癖のある新入りが来たわね」

シーリンがぼそっと呟《つぶや》いた。いつもは感情に乏しい横顔が、珍しく小さな笑みを浮かべている。

そうだね、と同意するうち、クイナもつられて笑ってしまった。

お客様を手のひらで転がすような悪辣《あくらつ》ぶり。バーシャがこの話を聞いたら、きっと顔をしかめるに違いない。

「でも、私はあの子けっこう好きかも」

少なくとも、ちょっとやそっとの激務で逃げ出すようなタマではない。

これは面白いことになりそうだと、クイナは期待で胸を膨らませたのだった。


——ラヴィニアがホテル・アルハイムを訪れてから五日目。

朝の幹部会議を終えたバーシャが見たのは、ロビーの床を磨くラヴィニアの姿だった。

「おはようございます、主任」

バーシャの気配を察すると、ラヴィニアは手を止めて挨拶《あいさつ》をする。向けてくる笑顔は嘘くさいほど朗らかだ。

思いがけない遭遇に、バーシャは咄嗟《とっさ》に身構えた。

「何をしているんだい。ロビーの清掃は施設清掃《パブリック》の仕事だよ」

「早く起きてしまったので、お手伝いをしていただけです」

「手伝い？　あんたが？」

「ええ。施設清掃の仕事って、朝早いんですね」

と涼やかに答えながら、ラヴィニアは再び清掃に戻る。表情は真剣だが、ぎこちこと床をモップで擦《こす》る様は、なんともたどたどしい。

(こいつ、わざとやっていやがるね)

バーシャは苛立《いらだ》ちを堪《こら》えるように歯噛《はが》みする。

ラヴィニアがまとうのは、挑発と喜びの感情。彼女がこちらの怒りを煽《あお》ろうとしていることは、バーシャの目に明らかだった。

この新人が妙な行動をとり始めたのは、三日前のことである。

その前日、バーシャから「仕事に来なくていい」と言い渡されたはずなのに、何故か彼女はやる気をみなぎらせ、朝早くから出勤してきた。

『激励のお言葉、大変胸に染み入りました』

と、健気《けなげ》な口ぶりではあったが、その周囲には敵意や闘争心が溢《あふ》れんばかりに漂っていた。外面と本性の乖離《かいり》を見せつけるかのような彼女の態度に、バーシャは大いに狼狽《うろた》えた。

そして五日目となる今日も、ラヴィニアはにこにこと愛嬌《あいきょう》を振りまきながら、バーシャだけに燃えたぎるような感情を露出している。正直、気味が悪い。この娘が何を考えているのか、感情は見えているはずなのに理解できなかった。

彼女の手際はまだまだ悪く、とても戦力としては数えられない状態だ。期限の一週間を迎えたら、能力不十分を理由に難なく解雇できるはず。

それなのに、どうにも良からぬ胸騒ぎがした。知らず知らずのうちに蜘蛛《くも》の糸に絡め取られているような、不気味な予感が胸に残る。

「ラヴィニア、そろそろ朝礼でしょう。ここはいいから事務所に戻りな」

施設清掃婦《パブリックメイド》の一人が、ラヴィニアの肩を親しげに叩《たた》いた。いまだ同じ場所を擦り続けていたラヴィニアは、「あら」と声をあげてロビーの掛け時計を見上げた。

「もうこんな時間。ではお先に失礼します」

にこやかに会釈を残して去っていく。その後ろ姿を眺めながら、メイドはしみじみと言った。

「いま時珍しいくらい、よく気がきく子ですよねぇ。あんまり手際はよくないけど」

「は？　あいつが？」

眉を上げる上司に、メイドは深くうなずく。

「実は私、昨日から膝《ひざ》の調子が悪くって。あの子は何も言わないけど、それに気づいて手伝いに来てくれたんですよ」

「あいつがそんな――」

思いやりを持った人間なわけがないだろう、と言いかけて、バーシャは口をつぐんだ。危ないところだった。清掃主任ともあろう者が、一人のルームメイドを悪し様に言うなど、あってはならぬことである。

そんなバーシャの葛藤《かっとう》を知ってか知らずか、メイドは遠慮がちに彼女へ提案するのだった。

「主任、あんまりあの子と馬が合わないみたいだけど。もうちょっと、優しくしてあげてもいいんじゃない」

驚くべきことに、ラヴィニアに好意的な者はパブリックメイドだけではなかった。

昼下がりの事務所でも、休憩中のメイドたちが新入りの活躍を評価し始めたのである。

「あの子、昨日も私の代わりにブラシを補充してくれたんだよ」

「共通語が通じないお客様と揉《も》めかけた時、すぐに駆けつけて通訳してくれてさ」

「クイナたちも、あの子のこと褒めていたね」

聞こえてくるのは、称賛の声ばかりである。ラヴィニアはパブリックメイドのみならず、ルームメイドたちにも愛嬌を振りまいているらしい。

メイドたちの横でいつもより苦い紅茶を啜《すす》るうち、バーシャの口から苦言がこぼれた。

「さっきから聞いていれば、あの娘、余計な気を回しているばかりじゃないか。肝心の仕事で使い物にならなきゃどうしようもないよ」

「えっ」とメイドたちは目を点にする。

注意するつもりはなかったが、ついついバーシャは説教じみた言葉を並べた。

「点数稼ぎばかり覚えられても仕方ないだろう。あんたたちも、ちやほやしないでちゃんと仕事を教えておやり」

しん、と事務所が静かになった。メイドたちは、不機嫌な主任の顔をじっと見上げる。

「……あの子、そんなに悪くないですよ」

意外なことに、メイドの一人が口にしたのは擁護の言葉だった。すると他のメイドたちも「そうだよね」「私も同感」と賛同の声をあげる。

「マルルカが『教えたことは一度で覚える』って驚いていたよね」

「雇ってもらった恩を返したいって言っていましたよ。健気じゃないですか」

「と言うか、主任が錆《さ》びっぱなしにしていたベルを磨いてくれたのもラヴィニアですよ。気づいていました？」

ついには諫《いさ》めるような意見まで飛び出てくる。思いもよらぬ部下たちの反応に、バーシャは眉を引きつらせた。

まさかラヴィニアが、ここまでメイドたちの心にもぐり込んでいたとは。解雇まであと数日もないのに、他人に媚《こ》びてどうするつもりなのだろう。

（もしかして、あいつ……）

そこでようやく、バーシャはラヴィニアの思惑に思い至る。

だが時はすでに五日目。ラヴィニアの計画はすでに、最終段階に達しようとしていたのだった。


（上手《うま》くいっているようね）

一連の会話を外からこっそり立ち聞きしていたラヴィニアは、静かに扉から耳を離した。姿は見えないが、今頃バーシャは苦々しい表情をしているのであろう。大変いい気味である。

おそらくバーシャは根っからの善人だ。

せっかく『他人の感情を見ることができる』という強力な手札を持っているのに、それを早々に開示してきたあたりからも、喧嘩《けんか》に不慣れな気質が透けて見える。お前の魂胆はお見通しだ、と厳しい言葉で脅しつければラヴィニアが気圧《けお》されて逃げ出すとでも思ったのだろう。

だが実害を伴わぬ脅迫など、あってないのと同じこと。

そもそも、ラヴィニアをホテルから追い出したいならば、彼女の正体を外部に流してしまえば簡単に済む話である。それをしないのは、ルードベルトから口止めをされているからか、あるいはバーシャの良心故か。いずれにしても、彼女が信頼できる敵であることには変わらない。

勤務初日の夜、バーシャは『使えそうなら残してやってもよかった』と語っていた。だが一週間で彼女に認められるほどの力を身につけるなど、土台無理な話である。

そこでラヴィニアは攻め方を変えることにした。

バーシャに解雇を思い止《とど》まらせるのではない。バーシャがラヴィニアを解雇できない状況を作り出すのだ。

そのためにまずしたことは、メイドたちとの関係構築である。彼女らにここぞという場面で恩を売り、好意と信頼をかき集めるのだ。

肩を痛めた様子のメイドがいれば荷物を持ってやり、空の洗剤容器を見つけたらすかさず補充してやった。客との揉め事があれば飛んで行き、言葉で困ることがあれば通訳も進んでこなした。

もともと目敏《めざと》いラヴィニアであるが、バーシャが言う〝点数稼ぎ〟のため、ここ数日は常に周囲へ神経を張り巡らせていた。

先日のギブソン氏の件だって、慌ただしく走る彼から騒動《トラブル》の気配を感じ、跡をつけて行っただけなのである。案の定、彼ははた迷惑な問題を撒《ま》き散らし、ラヴィニアに活躍の場を与えてくれたのだった。

あの子は仕事に不慣れだけど、一生懸命で気が利くいい子——そんな共通認識が、メイドたちの間にできつつある。

そんなラヴィニアを「使えないから」という理由で解雇しようとすれば、バーシャは部下たちからどんな目で見られることになるのだろう。

約束の日まで、残りわずか。バーシャがどんな決断を下すことになるのか、今から楽しみで仕方がない。

「ラヴィニア、鏡に汚れが残っているよ」

勤務六日目。ラヴィニアが渾身《こんしん》の力で清掃したはずの浴室に、マルルカからのダメ出しが入る。

「そんなはずないわ。特に念入りに磨いたもの」

念入りにしすぎて、想定の倍も時間がかかったのだ。それで拭《ふ》きが足りていないと言われては、ラヴィニアも立つ瀬がない。

しかしマルルカは、迷いなく鏡の端を指差した。

「ほら、ここ。目線の高さを変えてみると、跡が残っているのがわからない？」

言われた通り、屈《かが》んで鏡を確認する。そうしてみると、マルルカが示す場所にうっすら水はねの跡があるのがわかった。

「あ……」

「光が当たる角度によって、見えなくなる汚れもあるんだよ。掃除を終えたら、汚れが残っていないか必ず角度を変えて確認してね」

と言いながら、マルルカはさっそく鏡の汚れを拭き取り始める。彼女の素早さと丁寧な仕事ぶりを前にしては、ラヴィニアも素直に従うよりほかなかった。

地道な奉仕活動で評判を高めたラヴィニアであったが、肝心の清掃作業はと言うとまだまだ発展途上だった。

仕事の流れは頭に叩《たた》き込んだものの、マルルカのように機敏に動けないし、箒《ほうき》や布巾《ふきん》を扱う手捌《てさば》きには拙《つたな》さが残る。ベッドメイクも、いまだに一人では上手くできない。

(確かに、単なるルームメイドとしての技量はまだまだね)

役立たずとは言わせないが、ラヴィニアが半人前であることは事実だった。

マルルカの鮮やかな仕事ぶりを見ていると、自分もルームメイドの仕事を甘く見ていたのだと痛感させられる。当面の目標は一週間解雇の回避だが、いずれは完全なる勝利を収めるために、実力でも有用性を示す必要があるだろう。

「いたっ……」

次の部屋に移ろうとしたところで、指先に裂けるような痛みが走った。

見れば右手の人差し指に、ぱっくりとあかぎれができている。他にも指のところどころにひびのような線が入り、かつて白磁のようだった手のひらは、痛々しいほどに荒れていた。

「あらら、とうとうあかぎれになっちゃったか」

マルルカが憐《あわ》れむように眉《まゆ》を下げる。

「この仕事をしていると、どうしても手が荒れちゃうんだよねぇ。どう、痛む？」

「……問題ないわ」

のぼりかけた弱音をラヴィニアは呑《の》み込んだ。

ほかのメイドたちも、同量の仕事をこなしているのだ。この程度で泣き言などプライドが許さない。

「べつに死ぬような傷でもないし。さっさと次の仕事に移りましょう」

「そっか。あかぎれのところ、ベッドメイクの時シーツに引っかかりやすいから気をつけて」

そんな会話をしながら、二つ隣の部屋へ足を進める。すると背後から「待って！」と元気な声が肩を叩いた。

振り返れば、クイナとシーリンの姿があった。二人も一仕事を終え、次の部屋へと移動中だったらしい。

呼び止めた張本人であるクィナはごそごそと服をまさぐると、やがて宝物を掘り当てたように、白い容器を掲げてみせた。

「あった！……はい、これあげる」

「ど、どうも」

謎の容器を顔の前に突き出される。ラヴィニアがためらいがちに受け取ると、クィナはにかりと顔いっぱいに笑みを浮かべた。

「それ、旧市街の薬局で調合してもらったハンドクリームなの。あかぎれにも効くから使ってみて」

そこではじめて、ラヴィニアはクィナの真意を理解した。彼女はラヴィニアの手が荒れたと聞きつけて、自分の薬を分け与えようとしているのだ。

「そんなの悪いわ。あなたの分はどうするの」

「気にしないで」

と言うのはシーリンである。

「この子ったら、放っておくと棚から溢《あふ》れるくらい化粧品を買い込むの。ハンドクリームなんて、腐るくらいあるはずよ」

「なにさ。私の化粧水、いつも勝手に使っているくせに」

「減らしてあげているの」

少女二人の応酬は、シーリン優勢のまま終了する。交わされる言葉の裏には作意も悪意も感じられなくて、ラヴィニアは容器を握りしめた。

「あり、がとう」

口慣れぬ感謝の言葉は、たどたどしく響いてしまった。だがクィナたちは気にする様子もなく、「じゃ、あとで」と手をひらひらさせて次の持ち場へと移動する。

いまだぽかんと立ち尽くすラヴィニアの手元を、マルルカが覗《のぞ》き込んだ。

「ラテリア薬局のハンドクリームだね。私もそれ好き」

「……そうなの」

「使ってみたら？」

言われるがまま蓋《ふた》を開けてみると、薬品棚のような芳香がつんと鼻腔《びこう》に染みた。だが不快ではない。不思議と心落ち着く香りである。少し掬《すく》い取ってみれば、ささくれた指先に柔らかなクリームがすっと馴染《なじ》んだ。

──クィナたちにとって、これは記憶に残らぬくらい些細《ささい》な親切なのだろう。だがラヴィニアにとっては、夜道で不意を打たれたのも同然の善意だった。喜びよりも動揺の方が勝ってしまって、どう反応すればよいのかわからない。

「とにかく、次の部屋に行きましょうか」

これ以上戸惑う姿を晒《さら》したくなくて、ラヴィニアは前方に視線を泳がせた。すると509号室の扉が目に入る。

今日も509号室には入室お断りの札がかけられていた。この扉だけは、初日から変わらぬ態度でラヴィニアを拒み続けている。一週間の期限を乗り越えれば、この部屋の客人と相見《あいまみ》える日も訪れるのだろうか。

「……ん？」

ふと妙な予感がして、ラヴィニアは扉に歩み寄った。しげしげと眺めるうち、違和感の正体に気がつく。ドアノブにまったく手垢《てあか》がついていないのだ。

確か五日前、入室お断りの札を戻す際にマルルカがドアノブを丁寧に拭いていたはず。それから今日に至るまで、まったく手垢がつかないなんてことがあり得るのだろうか？

ラヴィニアは思い切って、ドアノブに指先を滑らせてみる。クリームで湿った人差し指には、わずかにほこりが付着していたのだった。

「まさか、これ……」

「509号室の客が、六日前から部屋を出ていない？」

ホテル・アルハイム、総支配人室にて。部屋を訪ねてきたバーシャ、ラヴィニア、マルルカの三名を前に、ルードベルトが眉を寄せた。

これに「はい」とバーシャが真剣な面持ちでうなずく。

「お客様のご要望を受け、メイドたちはこの六日間清掃に入っておりません。加えてドアノブには手垢の付着がなくほこりがたまっており、そもそもドアの開閉自体がされていない可能性があるとの報告を受けました。——そうだね、ラヴィニア？」

「はい。気づいてすぐ扉をノックしましたが、これにもお客様からの応答はありませんでした。もしかしたら、中で倒れていらっしゃるのかも。ああ、それと」

一つ大事なことを思い出したように、ラヴィニアは言う。

「まだ死臭はしませんでした」

不穏な単語が投下されて、室内の空気が一気に重くなる。同席していた竜兵隊のナバルが、あからさまにため息をついた。

「客が手袋をつけていただけではないのか。それにほこりくらい、一日放置すればたまることもあるだろう」

「つまりあんたは、うちのメイドたちが一日程度でほこりが積もるような仕事をしていると言いたいのかい」

ナバルの苦言は、バーシャの鋭い一瞥《いちべつ》に切り捨てられる。

彼も、バーシャと真正面から舌戦を繰り広げる気にはなれなかったらしい。そのまま静かになったので、ラヴィニアはさらに発言した。

「五階のボーイに確認したところ、毎朝５０９号室にお届けしている新聞も六日間手付かずで、その都度新しいものと交換していたそうです。それに朝礼で聞いた限りでは、私がこのホテルに来た初日以来、一度も５０９号室から苦情が届いておりません」

「あんた。朝礼の内容を全部覚えているのかい」

どうしてそんなことを、とバーシャが眉をひそめる。もちろん、メイドたちに恩を売るためだったが、ラヴィニアは答えなかった。

「509号室に宿泊されているのは、確かコバック様だったか」

ルードベルトはすばやく宿泊者名簿のページをめくった。509号室の項目に目を通したところで、形の良い眉がわずかに上がる。

「そう言えば、以前も似たような問題で揉《も》めたことがあったな」

「ええ。コバック様はお部屋で仕事をされることが多く、これまでにも三日ほどおこもりになることが何度かありました」

と語るバーシャの表情は、いかにも苦々しげだ。

「その途中、ルームサービスの食器回収をお申し出したところ、『仕事を邪魔された』と大変お怒りになりましてね。以降はなるべくお声がけを控えるよう、職員たちに周知しておりました」

コバック氏とやらは、なかなか繊細で厄介な客らしい。だからこそ、『ラヴィニアの呼びかけに反応しなかった』という事実の深刻さがよりいっそう増してしまう。

「わかった、私が直接確認に行こう」

ルードベルトは表情を鋭くして、颯爽《さっそう》と歩き出した。だが誰より早くラヴィニアが同行しようとするのを認めて、戸惑いがちに足を止める。

「ラヴィニアさん。あなたはここでお待ちいただいた方が」

「お気遣いは結構よ。それに――」

手元のブラシを構えて、ラヴィニアはルードベルトをまっすぐ見返す。

「万が一のことがあったら、掃除しなくちゃならないでしょう」

掃除。彼女が言わんとしていることの意味を理解して、一同は絶句する。

ややあって、ルードベルトは「ゴホン」と咳払《せきばら》いすると、凍《い》てついた空気の入れ替えを試みるのだった。

「そうならないことを、祈りましょう」


「コバック様。いらっしゃいますか、コバック様」

計三回扉を叩《たた》いてルードベルトは室内に呼びかけるが、コバック氏からの返答はない。

部屋の中から人の気配も感じられず、一同は顔を見合わせた。

「失礼します」

バーシャから合鍵《あいかぎ》を受け取ると、ルードベルトは扉を開錠する。ガチャン、と小気味よい音と共に、長く閉ざされていた扉がゆっくりと口を開いた。

部屋の中は、異様の一言に尽きた。

まず右手を見れば本を積み上げた尖塔《せんとう》が目に入り、左を見れば本の山脈が形成されている。さらに足元には無数の原稿用紙が散らばっており、足の踏み場もない有様だった。こんな部屋で、コバック氏はいったい何の仕事をしているのだろう。

「コバック様、いらっしゃいますか」

果敢にも紙の沼をざぶざぶと進みながら、ルードベルトが呼びかけた。しかし返事はなく、声は幾万枚もの紙に吸い込まれていく。

痛いほどの静寂に、ナバルがぽつりと独り言《ご》ちた。

「もしかして、誰もいないんじゃないのか」

「浴室にもいらっしゃらないね」

バーシャが遅れて寝室へとやって来た。惨状を目の当たりにして、清掃部門主任の顔は盛大にしかめられる。

「なんだいこの部屋は」

「ひとまず、コバック様をお捜ししなくては。ご無事だったとしても、一度お話ししなければならなそうだ」

端整な顔に憂鬱《ゆううつ》な影を落としながら、ルードベルトはマルルカに声をかける。

「マルルカ、手の空いているメイドたちに声をかけてきてもらえますか。コバック様のご無事が確認でき次第、この部屋をどうにかしなくては」

「承知いたしました」

命じられるなり、マルルカはくるりと箒《ほうき》を構え直して部屋を出てしまう。次にルードベルトは、部屋の隅で呆然《ぼうぜん》と立つラヴィニアに視線を移した。

「ラヴィニアさんも、マルルカの手伝いを。この場は我々が対処しますので」

「え、ええ」

コバック氏は、どこへ行ってしまったのだろう?

判然としないまま、ラヴィニアは本の海に背を向けた。

もしかして、六日前に部屋を出たきり戻っていないのだろうか。それならばドアノブに触れた痕跡《こんせき》がないことにも説明がつく。だがその場合も、事件の可能性は否定できないわけで——。

「しゅう!」

思考を巡らせていたところで、片腕がずしりと重くなった。腕輪となって手首に巻きついていたゼトが、突然擬態を解いたのだ。

ゼトはそのまま細い体をくねらせ、本の山へと潜りこむ。

「ゼト? 何故ここに」

前触れもなく姿を見せた使い魔に、ルードベルトが目を丸くした。

まずい、ルードベルトに見られた——と焦るのも束の間。ゼトの奇行の理由を察し、ラヴィニアは寝室へと駆け戻る。

「まさか!」

ゼトが消えた本の山を切り崩していく。するとほどなくして、書物の隙間から誰かの腹がぽよんと覗《のぞ》き出た。

「コバック様！」

「俺に任せろ」

ナバルがずいと前に出て、本の中に片腕を突っ込んだ。やがてずるりと引きずり出されたのは、小太りの中年男性——コバック氏である。その手首には、第一発見者ゼトが絡みついていた。

「う、うう……」

幸いなことに、息はあるようだった。皆がほっと息をついたところで、氏の両眼がぱちりと開かれる。

それからおよそ十秒。コバック氏は夢から醒《さ》めきらぬ顔で室内を見回した。生気のない黒い瞳《ひとみ》が、取り囲む面々を次々と映していく。

「き、君たちは……」

「コバック様、ご無事ですか」

ルードベルトが、気遣うようにコバック氏の顔を覗き込む。その美貌《びぼう》をまじまじと眺めたところで、氏は乙女のような悲鳴をあげたのだった。

コバック氏の職業は小説家であるらしい。

締め切りに追われに追われ、ついには追いつかれ、いつの間にか追いかけるかたちとなってしまった彼は、ここ数週間ろくに食事も摂《と》らないで執筆に励んでいたという。

だがどれだけ己を追い込んでも、納得のいく展開が思いつかなかった。

『こうなったら書の一部となって、奇跡の閃《ひらめ》きを待つしかない』

とうとう追い詰められたコバック氏は、書物の山に身を沈め、部屋の外にも一切出ず、雑念を捨てて天の啓示を待つという、修行じみた行為に没頭するようになる。

この儀式は食料の備蓄が切れてもなお続き、思考が薄れ、氏が本当に書物の一部となりかけていたところで、ラヴィニアたちが部屋に押し入ってきたのだった。

「神がっ、創作の神がもうこのあたりにまで降りつつあったのだっ！」

薄くなりかけた頭頂を指差しながら、氏は興奮気味に主張した。

「あと数秒もすれば、私は素晴らしき発想を得て、寂寞《せきばく》たる原稿を埋め尽くすはずだった！　それを貴様らが邪魔したせいで、すべてが泡沫《ほうまつ》の夢と成り果てたのだ！」

詩的に紡がれる暴論に、職員一同は言葉を失う。

神が降りてきたと言うよりは、天に召されかけていたのでは――とラヴィニアは考えたが、火に油を注がぬよう発言は控えておいた。

それに、これだけがなり立てる余裕があるのだ。氏が言う通り、あと数日は放置してもよかったのかもしれない。

「しかし飲まず食わずでは、お体に負担がかかります。軽食をご用意しますので、お召し上がりになりませんか」

こんな場面においても、ルードベルトは穏やかに語りかけた。しかしコバック氏は、怒り心頭に発する面持ちでぷりぷりと顔を横に振る。

「結構だ！　食事を摂ると思考が鈍るっ！」

「ではせめて、水分だけでも」

そう言って差し出されたグラスを、コバック氏はひったくるようにして受け取った。呷《あお》るように勢いよく飲み干して、カン、とテーブルに叩きつける。

「どいつもこいつも、私の邪魔をしおって！　掃除の音は煩《うるさ》いし、客は鼻持ちならん金持ちばかりだし、従業員は馴《な》れ馴れしいしでもう我慢ならん！　本日準備が整い次第、このホテルを出る！」

果たして、本日中に準備が整うのだろうか。一同は堆《うずたか》く積まれた本の山に目を向ける。

その視線の意味を悟ってか、コバック氏は少しばつが悪そうにしながらも、椅子からぴょんと立ち上がった。

「今から荷物をまとめる！　そこのメイド、手伝いたまえ！」

「……ほら、さっさと片付けるよ」

コバック氏の指示が下ると同時に、バーシャは床の本をまとめ始めた。一刻も早く、この部屋をどうにかしたいらしい。

こうなっては逃げることも叶《かな》わず、ラヴィニアもため息まじりに身を屈《かが》めた。とにかく、まずは床をどうにかしなくては。このままでは歩くこともままならない。

床にはコバック氏が書き殴ったらしき原稿があちらこちらに散らばっていた。その中に束で綴《と》じられた書きかけの原稿用紙を見つけ、なんとはなしに拾い上げてみる。

だが表紙に書かれた文字を目にしたところで、ラヴィニアは驚きの声をあげた。

「レディ・ゼロの原稿？」

コバック氏の肩がびくんと跳ねた。

氏の様子に気づかないまま、ラヴィニアは訝《いぶか》るように振り返る。

「これ、レディ・ゼロシリーズの原稿ですか？　どうしてコバック様のお部屋に」

「いや、その」

「レディ・ゼロ？」

ナバルが首を横に傾げた。ルードベルトとバーシャも心当たりがないらしい。誰一人驚く様子がないので、逆にラヴィニアが驚かされる事態となった。

「ご存知ありませんか。今、西大陸でもっとも人気の小説シリーズですよ。某国の貴族令嬢が工作員となって世界を暗躍する、という筋書きの作品です」

年間発行部数第一位、シリーズ累計数百万部突破、五ヵ国同時発売決定――。

華々しい記録を次々と打ち立てた本作は、ラヴィニアの国でも若い女性を中心に人気を集めていた。シリーズを連載中の雑誌は毎号五十万部も発行され、年々その売り上げを伸ばしているという。新作が出るたび騒ぎとなるため、娯楽小説を好まぬラヴィニアも、レディ・ゼロの名前は知っていた。

「各国の美青年と繰り広げる、過激な恋愛描写も売りだそうで。ただ、作者は女性だったような……」

「や、やめろ!!」

ラヴィニアの口を止めんと、コバック氏が立ち上がる。

「それ以上言うな！　私が惨めになるだろうが！」

「惨め、ですか」

きょとんとするラヴィニアに、氏は「ふっ」と自虐的な笑みを鼻から吹かした。投げやりな動きで、椅子に再び腰を下ろす。

「そうだ、私がレディ・ゼロの原作者パトリシア・グリーンだ。巷《ちまた》では、〝恋愛の魔術師〟という二つ名で呼ばれている。どうだ、笑えるだろう」

座った拍子に、コバック氏の腹がぼよんと揺れた。いかにも中年男性らしい肉体を前に、一同は何も言えなくなる。

「この事は絶対に口外するなよ。パトリシア・グリーンはビルニカ王国出身で、二人の子を持つ三十四歳未亡人という設定になっているのだからな」

「ど、どうしてそんな」

「作品を売るため、だそうだ」

ルードベルトが無言でグラスに水を注ぐ。素直にそのグラスに口をつけると、氏はつらつらと語り出した。

「もともと私はしがない推理小説作家だったのだがな。戯れに書いた〝王女探偵〟が思いのほか売れて、編集者から『女性作家が書いたという体《てい》で、女主人公の冒険小説を出してみないか』と提案された」

出版業界ではよくある話らしい。女性向け小説は女性の名前で、一般小説は男の名前で出したほうが、売り上げが伸びやすい傾向にあるそうだ。

「金に困っていたからな。まあ一、二冊程度ならと、私も軽い気持ちで承諾した。――ところが、蓋《ふた》を開けてみれば、〝暗躍侍女ハンナ〟は発売後即重版。〝執行聖女ロザリー〟は舞台化が決定する事態に。そして〝レディ・ゼロシリーズ〟に至っては、出版社の歴代売り上げ記録を大幅に塗り替える大ヒットとなってしまった」

思ったよりも多作である。不本意な口ぶりのわりに、筆はそこそこ乗っていたらしい。

「今や原作者のパトリシア・グリーンは、全世界の女性の憧《あこが》れだ。みな私のことを、聡《そう》明《めい》で美しい未亡人だと思い込んでいる。それなのに、実体がこのような脂ぎって髪も薄い偏屈親父だと知れたらどうなる⁉」

「それは」

まずいかもしれませんね、という言葉をラヴィニアは口の中に押し留《とど》めた。

「事実が露呈することを恐れ、編集者たちは西大陸より遠く離れたこのホテルに私を押し込めた。だがここでは手軽に資料も取り寄せられないし、意見を求められるような専門家もおらん。そのうち筆も進まなくなり、ついには書けなくなってしまった」

語りながら、コバック氏はしおしおと肩を落としていった。声にも張りがなくなり、いまにもべそをかき出しそうな顔で言う。

「とにかく、これ以上ここに滞在してもだめなんだ。確か新市街の方に、西大陸系列のホテルがいくつかあっただろう。そこに空き部屋がないか、確認をとってくれ」

「……かしこまりました。至急手配いたします」

恭しく胸に手を置くと、ルードベルトは壁際の伝声管でボーイに呼びかける。

「シモンズ、私だ。509号室のお客様が、ホテルの移動をご希望されている。ブリンガムホテルに空きがないか確認するよう、至急コンシェルジュに伝えてくれ」

コンシェルジュ。耳慣れない言葉にラヴィニアは顔を上げた。

そう言えば、パブリックメイドたちが「ロビーにコンシェルジュ・デスクができた」と噂しているのを聞いた覚えがある。他所《よそ》のホテルの空き状況の確認を頼まれるとは、いったいどのような役職なのだろう。

叫び疲れて落ち着いたのか、それきりコバック氏は何も言わなくなった。静かになった室内で、ラヴィニアは手にしていた原稿を握りしめた。

「コバック様。こちらの原稿、少し読ませていただいてもよろしいでしょうか」

「こら。何を言っているんだい」

すかさずバーシャが鋭い一瞥《いちべつ》を投げる。

一方、コバック氏に憤慨する様子はなかった。もはやすべてを曝《さら》け出した後だからか、気に留める様子もなく氏は頷《うなず》く。

「好きにしろ。まだ半分しか書けていないがな」

「ではお言葉に甘えて」

バーシャに止められるより先に、原稿をぱらぱらと流し読んだ。特に氏が「書けなくなった」最後のページ付近に目を通したところで、ラヴィニアは顔を上げる。

「新作では、敵が狙撃手《そげきしゅ》なのですね。大変興味深いです」

「うむ。これからの時代、狙撃を用いた戦術は戦場の要になっていくだろうからな」

こだわりの要素だったのか、コバック氏は得意げに鼻を膨らませる。ラヴィニアも、彼の意見に同感だった。

約百年前の人魔大戦時代、人類側は魔術に対抗する攻撃手段として、銃火器開発に多額の資金を投入した。その結果、現在では射程も精度も魔術の域に並ぶ銃が市場に溢《あふ》れ、日々戦場の常識を塗り替えている。

いずれは目視できないほど遠く離れた場所から、敵を撃ち貫《ぬ》く銃が開発されることだろう。たった一発の銃弾が戦況を変える日も、そう遠くはない。

「狙撃手のコードネームは〝静かなる狐《サイレントフォックス》〟。数十年前、戦場で大きな戦果を収めるも、上官に裏切られ死んだとされた伝説の老兵——という設定でな。実は生き延びていた彼が、復讐《ふくしゅう》のため祖国の要人たちを次々暗殺していくのを、レディ・ゼロが阻止しようとする、というのが本作の筋書きだ。どうだ、渋いだろう」

「……なるほど」

恋愛小説に相応《ふさわ》しい渋さであるのかわかりかねるが、相手は世界屈指の人気作家パトリシア・グリーンである。ケチはつけられまい。

「しかも使う武器は、最新型の後装型 鎖門式《ボルトアクション》ライフル！ 最凶の男が最強の武器を携え、レディ・ゼロの前に立ちはだかるのだ！ 唸《うな》る銃声、光る鷹《たか》の目！ 完成さえすれば、この原稿は間違いなくシリーズ最高傑作となるだろう！」

頬を上気させて、コバック氏は語る。元推理小説作家と言うだけあって、物騒な話が好きなようだ。

対峙《たいじ》するラヴィニアはしばし黙考した。やがて覚悟を決めると、大真面目な顔で口を開く。

「ですが、長年安否不明だった伝説の老兵が、連合軍でも一部部隊で導入されたばかりの最新型ライフルで襲ってくるなんて、不自然ではありませんか」

「……は？」

まさかのダメ出しである。

いかにも自尊心が高そうな客の創作物に、ホテルのメイドが難癖をつけるとは。思いもよらぬ蛮行に、ルードベルト、バーシャ、ナバルの三名は揃って言葉を失った。

みなが何も言わないのをいいことに、さらにラヴィニアは問題点を指摘していく。

「あとここ。最初に狙撃された将軍が死の直前、『お前か、狐《フォックス》……』と口にするシーンがありますね。どうしてこの方は、自分を撃ったのが死んだはずの狐だとわかったのでしょう。高官ならば、他の勢力に狙われることもあるでしょうに」

「それは。こう、当事者にしかわからない因縁があってだな」

「それを信じて、レディ・ゼロは狐の謎を追うのですか？ ずいぶん直感的すぎる気がしますが」

ラヴィニアの指摘は、口撃と化していく。コバック氏はぷるぷると耐えるように震えていたが、ついには涙目で床を蹴《け》った。

「ええい、校正者以上にねちっこい奴だな！ じゃあどうすればいいと言うのかね！」

「使用する武器を、十数年ほど前に使用されていたホルトローズライフルに変更するのはいかがでしょう」

予《あらかじ》め答えを用意していたかのように、ラヴィニアは間を置かず提案する。

「こちらは内側が六角形に彫られた銃身と、同じく六角形の弾丸を使用することで、高弾速・高精度の遠距離射撃を可能としたライフルとなります。本作に相応しい性能かと思いますが」

「ホルトローズ？」

嘲笑《ちょうしょう》まじりに口の端を歪《ゆが》め、コバック氏は大袈裟《おおげさ》に両肩をすくめた。

「やれやれ、考えが甘いな。あんな一発一発装弾が必要な時代遅れのライフルでは話にならん。連射性に優れた最新式の銃の方が、確実に対象を殺害することができるだろう！」

「こと暗殺の現場において、狙撃に二発目はございません。一発目を外せばたちまち対象は現場から移動し、暗殺の成功率は低くなるものです」

答えるラヴィニアは、真剣そのものだった。彼女の気迫に圧倒されて、コバック氏はごくりと息を呑《の》む。

「真の狙撃手とは、〝一発目〟を周到に用意するもの。対象の立ち位置、行動、風速、風向きなどあらゆる情報を徹底的に調べ上げ、確実に標的を狙い撃ってこそ暗殺は成功するのです」

「狙い、撃つ……」

「故に老兵が、古くとも手慣れた精度の高いライフルを使用していても不自然ではないかと。それに」

そこでラヴィニアはニヤリと悪い笑みを浮かべた。

「ホルトローズの弾丸は、発射される際に独特の笛吹音を発するのです」

「音、だと」

「はい。時代遅れの銃が発する、不吉な死の音。これを聞いた将軍が、かつて自分が始末したはずの亡霊の正体を察知する——という展開は、なかなかに〝渋い〟と思いませんか」

「な、な……」

もはやコバック氏は、返す言葉もなく震えていた。顔は色味をすっかり失い、目はギョロリと開かれラヴィニアを見つめている。

膠着《こうちゃく》した空気のなか、呆気《あっけ》に取られていたルードベルトは、慌てて二人の会話に口を挟んだ。

「申し訳ございません。職員が失礼な真似を――」

「もっとだ！　もっと聞かせたまえ！」

だがコバック氏は、あろう事か現アルハイム大公を横に押しやった。瞳《ひとみ》を少年のように輝かせ、ラヴィニアに大股《おおまた》で歩み寄る。

「では仮に君の言う通りだとして、狙撃手はどこに位置取るべきだと思うかね！」

「バルコニーに立つ将軍を狙撃ですか。高さはどの程度を想定していらっしゃいますか」

「実はこの話、アルハイム城をモデルにしていてね。高さもこの部屋のバルコニーくらいを想定している」

「なるほど、確認いたしましょう」

二人はうなずき合うと、そそくさと窓を開け放つ。陰鬱《いんうつ》な空気が立ち込める部屋に、爽《さわ》やかな潮風が吹き込んだ。

「バルコニー前方には小庭園が広がり、さらにその先は海に張り出した海岸広場が広がるのみか。周囲に建造物もありませんし、バルコニーにいる人間を狙撃するのは難しそうですね」

「地上の広場側から、見上げるようにして撃つのはどうかね。射程距離は問題なさそうだが」

「銃弾は重力によって軌道が沈みますので、下方からの狙撃は難易度が高くなります。それに、作中では将軍がバルコニー前の小庭園にいる群衆を見下ろしているという設定ですよね？　これだと、狙撃手は群衆の中で堂々と銃を構えることになってしまいます」

「では上空からの狙撃は――」

「その場合、対象に接近を気取られる可能性も――」

いつの間にか他の従業員たちそっちのけで、暗殺会議が始まってしまう。

バルコニーで物騒な会話を繰り広げる二人を胡乱《うろん》げに見つめたのち、ナバルは「そろそろ止めますか」と主君に問いかけた。

「このままだと、うちの客を狙った暗殺計画を立てられかねませんよ」

「……いや。ここは彼女に任せよう」

ああでもない、こうでもないと議論を交わすコバック氏の横顔には、すっかり生気が戻っていた。ホテル移動の件も、頭から抜け落ちている様子である。少なくとも本日中に彼が部屋を出ることはないだろう。

「シモンズ、私だ。ホテル移動の件だが、一旦《いったん》待つよう伝えてくれ。ああ、すまない」

再び伝声管に声をかけると、ルードベルトは管の蓋《ふた》をぱちりと閉めた。

隣に立つバーシャが、恨めしそうに囁《ささや》く。

「ほんと、妙な小娘を送り込んでくれたものですね」

「すまない。こうなるとは私も想定していなかった。だが――」

端整な顔に苦笑を滲《にじ》ませると、ルードベルトはバルコニーに顔を向ける。

潮風に紅髪を乱しながら、客と真剣に語らうラヴィニア・バースタイン。その横顔には、目を離し難い魅力がある。

「案外、彼女は拾い物かもしれないぞ」

4　恋と乙女と似顔絵捜査

ラヴィニアがホテル・アルハイムで働き始めてから、三週間と少しが経過しようとしていた。

長らく穴を空けていたベテランメイドたちも立て続けに復帰を果たし、一時は火がついたような慌ただしさだった清掃部門も、にわかに余裕を取り戻しつつある。

とは言え季節は冬の終わり。骨に沁《し》みるような寒さはすでに和らぎ、アーモンドの木々は今にもはち切れんばかりに蕾《つぼみ》を膨らませている。あと数日もすれば、公国のあちこちに淡い桃色の花が咲き乱れることだろう。

つまりは、春《繁忙期》がすぐ目前まで迫っているのである。

「繁忙期第一の波は、連合軍の艦隊パレードだね」

一日の仕事を終えた夕刻。事務所でメイドたちと世間話を交わすうち、話題は春の繁忙期となった。まだパレードを経験したことのないラヴィニアに、マルルカが当日の様子を語ってみせる。

「アルハイムの真ん中にあるエルネシア湾を、連合軍の艦隊が横断していくんだ。これを観に世界中からたくさん観光客が集まるんだけど、部屋はほぼ満室になるし、パレードが直接見える海側《シーサイドビュー》の部屋なんて、もう争奪戦。レストランもラウンジも予約いっぱいでホテルには人が溢《あふ》れかえるし、部屋でどんちゃん騒ぎを始める人や喧嘩《けんか》を始める人までいて、パレード翌日の清掃はもう、ね……」

昨年の光景を思い出すかのように、マルルカは遠い目で語る。どうも毎年、トラブルの絶えない催しらしい。

パレードは三週間後。叶《かな》う事ならその日はつつがなく過ごしたいものである。

「あんたたち、いつまでくっちゃべっている気だい。もうとっくに終業時間は過ぎているよ。さあ、帰った帰った」

主任室の扉が開き、中からバーシャが出てきた。牧羊犬さながらの手並みで、寄り集まっていたメイドの群れを部屋の外へと追い立てていく。

(私も部屋に戻るか)

ラヴィニアもベンチから立ち上がった。だが荷物を手提げにまとめているところで、バーシャに声をかけられる。

「お待ち。あんたに話がある」

片手で「こっちだ」と呼び寄せられて、ラヴィニアは主任室へと足を踏み入れた。バーシャに呼び寄せられるのは、ホテル・アルハイムに来てはじめてのことだった。

『主任が他人の心を読めるって話？　けっこう知っている人は多いんじゃないかな』

一週間の期限を迎えた日の夜。解雇通告の気配がないことを悟ったラヴィニアは、それとなくマルルカにバーシャの能力について訊《たず》ねてみた。そうしたところ明らかとなったのは、拍子抜けするような真実である。

バーシャが他人の感情を読めること、だから普段は眼鏡をかけ、その能力を他人に向けないようにしていることは大きな秘密でもなんでもないらしい。

『主任、自分が見たものを誰かに話すってこと、基本的にしないから。だからみんな気にしていないんだよ』

気にしないのはさすがに鷹揚《おうよう》すぎるが、ここは魔族たちの土地である。きっとバーシャの他にも、特別な目や力を持つ者は大勢いるのだろう。だから他人の感情を読み取る力など、魔族にとって警戒すべき対象ではないのかもしれない。

とにかくラヴィニアは、自分が相当なお人好《ひとよ》しを相手に喧嘩をしかけていたのだと後に知った。

心が読める能力があるとわざわざ開示し、ラヴィニアの素性を誰にも明かさず、その本性を暴くわけでもない。ただギロギロ睨《にら》んでくるだけで、嫌がらせの一つもしてこない老女相手に、ラヴィニアは持てる力で以《もっ》て、メイドたちの批判を集めるような真似をしてしまったのだ。

結果ホテル・アルハイムに残ることはできたのだが、正直、ちょっとばつが悪かった。だからバーシャとの確執は、一週間の期限を過ぎた後に忘れることにしたのだった。

「総支配人が、あんたのことをお呼びだ」

ラヴィニアを迎え入れるなり、バーシャは用件を切り出す。最近では、彼女がこれ見よがしに眼鏡をずらしてくることはない。

「どうして私を。何の用件でしょう」

「さあね。本人に聞いたらどうだい」

突き放すように言われてしまう、だがバーシャの声音は心なしか明るい。

「今後のことで、話がしたいってさ。わかったらさっさと総支配人室へお行き」


念のため、手鏡を覗《のぞ》いて身だしなみを整えておく。

可能性は薄いが、「やはり結婚してください」と乞《こ》われる可能性もゼロではない。ならば相応の身なりで臨むべきだろう。

「ゼト。髪をお願い」

「しゅ」

リボンに擬態していたゼトが、乱れた後れ毛を丁寧に整えてくれる。とうとう全身問題ないことを確認すると、最後ににっこり愛らしい笑顔を作り上げて、ラヴィニアは総支配人室の扉をノックした。

「どうぞ」

室内で待ち受けていたのは、部屋主であるルードベルトと、灰色がかった金髪の男性である。言葉を交わしたことはないが、何度かロビーで見かけたことのある顔だ。

少女のような長いまつ毛と、彫りの深い整った顔立ち。カールした髪を後ろに撫《な》でつけ、洒落《しゃれ》っ気のある髪型にまとめてある。年齢は三十代といったところだろうか。

何より彼は、ラヴィニアと同じ〝人間〟だった。魔族やその子孫が従業員のほとんどを占めるこのホテルにおいて、まったく魔素的特徴のない従業員は、かえって人目を強く引いた。

——とにかく彼がいる時点で、婚姻の可能性は塵《ちり》と化した。心の中で「ちぇっ」と舌打ちしつつ、ラヴィニアは部屋に入った。

「ラヴィニアさん。お待ちしておりました」

ルードベルトが立ち上がって、ラヴィニアに席を勧めた。革張りの椅子に腰掛けると、さっそく男が自己紹介を始める。

「はじめまして、僕はカルロ。もともとフロントで働いていたんだけど、二週間前から、コンシェルジュという新しい役職の責任者を任されたんだ」

よろしくね、と片目をつぶる仕草の裏から、彼の豊富な恋愛遍歴が匂ってくる。このカルロという男は、かなりの女泣かせに違いないとラヴィニアは確信した。

「ところで、ラヴィニアちゃんはコンシェルジュってどんな仕事か知っているかい」

「コンシェルジュ、ですか」

以前、耳にしたことのある単語だった。確かルードベルトが、コバック氏の部屋で『コンシェルジュに他のホテルを手配させろ』とボーイに指示を出していた覚えがある。

そのことを話すと「いいね、耳聡《みみざと》いねえ」と何故かカルロは嬉《うれ》しそうに笑った。

「その通り、お客様のために他の宿泊施設を探すのは僕の仕事だ。でも、それだけじゃないんだな」

「他にも何かされているのですか」

「そうだな。飲食店の予約に、交通手段の手配だろう。それから劇場の演目確認、記念日の花の調達、落とし物の捜索、荷物の配送……」

ご丁寧に、指を一本一本折り曲げながら業務内容を数え上げていく。最終的に二本の手では数が足りなくなったところで、彼は両手をひらひらと振った。

「ま、お客様の悩み事に関することは、基本すべて対応するよ。コンシェルジュは、〝お客様のどんなご要望にもお応《こた》えする、ホテル専属の執事〟みたいなものなんだ」

「なるほど」

なかなか珍妙な職業があったものである。だが、慣れぬ旅先では予期せぬ騒動がつきものだ。そんな時、相談できる相手がいるのは心強いかもしれない。

「とは言っても、まだ手探り状態でね。今のところ、正式なコンシェルジュは僕一人だけで、人手が足りていないんだ」

話が本題へと移る気配がある。もしやと思えば案の定、カルロは期待で輝く瞳《ひとみ》をラヴィニアに向けた。

「だから、是非とも君にアシスタント・コンシェルジュとして働いてほしいんだ。君、語学堪能《たんのう》なんだろう。この仕事、ぴったりだと思うんだよね！」

「そうでしょうか」

しかしラヴィニアは、すぐに首を縦に振らなかった。べつに興味がないわけではない。単純に、コンシェルジュという仕事が自分に不適だと考えたのだ。

「お話を聞く限り、コンシェルジュには幅広い現地の知識が必要とされるようです。土地勘のない私が適任とは思えませんし、現地在住で経験豊富な従業員に声をかけた方がよろしいのではないでしょうか」

「……君、いいねぇ」

「はい？」

後ろ向きな意見を口にしたはずが、返ってきたのは感嘆の声である。冗談かと思いきや、カルロは真面目な顔で何度もうなずいた。

「やっぱりコンシェルジュ向きの人材だよ。実にいい」

「だから言っただろう。彼女なら適任だと」

成り行きを見守っていたルードベルトも、何故か得意げである。男たちの会話についていけず、ラヴィニアは疑問符を浮かべたまま答えを待つしかない。

「君、さっきから僕たち相手にまったく怯《ひる》んでいないよね」

急に見透かすような目を向けられて、ラヴィニアはぎくりとした。

「若い女の子が大公閣下と幹部から仕事の誘いを受けたら、普通は萎縮《いしゅく》してしまうものだよ。だけど君ときたら、怯むどころか『こんな人材の方が適していますよ』なんて提案までしてきた。総支配人が君のことを『今時、ちょっと見かけないほど図太い』と褒めていたけれど、本当にその通りだな」

すかさずルードベルトに抗議の視線を送るが、さっと顔を逸《そ》らして躱《かわ》される。彼からそんな目で見られていたのかと思うと、頰がちりちり熱くなった。

「コンシェルジュとは、悩めるお客様を目的の場所までお送りする道先案内人でもあるんだ。それがオロオロしたり、自信なげにしていたりすると、お客様は不安になってしまうだろう。だから僕たちは、どんな場面でも不敵に笑えるくらいでないといけない」

そういうものなのだろうか。上手《うま》く言い含められているだけのような気がしなくもないが、カルロの確信に満ちた声には、不思議な説得力があった。

「それにバーシャさんも、候補として君を推しているんだよ」

「……主任が？」

「うん。『異常なほど目敏《めざと》く、トラブルへの嗅覚《きゅうかく》が鋭い。何か騒動が起きると、必ず現場にいるから気味が悪い』って」

先ほどから、褒めるように貶《けな》されている気がしてならない。バーシャがラヴィニアを推薦したというのも、単に清掃部門から追い出したいからではないだろうか。

「目敏さも大事なコンシェルジュの素養だ。ただ口を開けて、お客様の相談を待つのは二流のすること。常に神経を張り巡らせ、お困りのお客様がいらっしゃれば、自分から手を差し伸べるのもコンシェルジュの役目なんだよ」

「そう、なんですか」

「そうしてお客様の悩みを解決していくと、時々パズルのピースを揃えたような達成感を味わえることがある。一度ハマったら、病みつきになること間違いなしさ。だから、改めてお誘いするけど……僕と一緒に、働いてみない？」

　そう言って、右手が差し出される。しばしラヴィニアは、その手をじっと観察した。

　想定と違う形ではあるものの、ここ数週間の働きが評価されているらしい。だがいきなりコンシェルジュになれと言われても、「はい喜んで」と即答できなかった。

　ルームメイドの仕事にも、ようやく慣れてきたところなのだ。それを手放してゼロから始めるほどの価値が、このコンシェルジュという仕事にあるのだろうか。

「ルームメイドの時よりも、給与の額は上がる予定です」

「お引き受けします」

　ルードベルトの一言で、迷いは跡形もなく消え失《う》せた。間髪をいれずに答えると、カルロの右手を握る。

「……いやぁ、嬉しいよ。よろしくね」

　カルロは変わりない笑顔で言うが、握手する手がわずかに冷たくなった。ラヴィニアの変わり身の早さを前にして、不安を覚えたのだろうか。

だがもう遅い。いまさら逃しはしないと言わんばかりに、ラヴィニアは右手に力を込めるのだった。


ホテル・アルハイムを訪れたなら、まずロビーの絢爛《けんらん》たる光景に目を奪われることだろう。

重厚な正面扉の先に広がるのは、艶《つや》めく大理石の床に、見上げるほど広大な天井。真白い大階段には一点の汚れもなく、季節の花々が各所を彩る。

その中で働くのは、穏やかな笑みを湛《たた》えるドアマンに、伝統ある制服に身を包んだポーター、銀盆を運ぶボーイ、厳格な佇《たたず》まいのフロントマン……。

客をもてなす彼らのあいだには、どこか鷹揚《おうよう》な空気が漂っていた。時間の流れも緩慢で、汗水流して働くルームメイドとはまるで異なる世界に見える。

だが初出勤からわずか三十分後。新人コンシェルジュ・ラヴィニアが目にしたのは、華やかなロビーの裏側だった。

「部下の船がまだアルハイム港に到着しないのだが」

「至急この荷物を国に送ってくれ！」

「頼んだ馬車はまだ来ないのかね」

帰国の途につく客人たちで、ざわめきが増す早朝ロビー。コンシェルジュ・デスクには、さっそく大勢の客が詰め寄せていた。

「船の名前と出発時刻を教えていただけますか」

「荷物はいつまでに到着ご希望でしょうか」

「馬車はただ今到着しました。お預かりした荷物を運びましょう」

舞い込む仕事の数々を、カルロはにこやかに捌《さば》いていく。彼が目配せするとポーターがカラカラとカートを押して、積み上がったトランクを次々と馬車に運び入れた。

「夜のオペラのチケット、どうにか用意できない？」

「ねえ、カルロ。今夜のドレスだけど、あなたは赤と黒どっちが好き？」

「カルロちゃん！　髪のセット失敗しちゃったのよォ」

さらに朝食が終わる時間帯になると、今度は観光を楽しむ客や常客たちがデスクにふらりとやって来る。

「劇場のスタッフに知人がおります。空きがないか確認いたしましょう」

「どちらもお似合いですが、個人的には赤の方がメリディアン様の白い肌を引き立てていて素敵かと」

「大丈夫。今日の髪型は一段と若々しくて素敵ですよ、マダム・トープソン」

世間話や無茶振りのような相談にも、やはりカルロは丁寧に応《こた》えていった。特に後半二つに関しては、客となにやら怪しげな目線を交わしている。ラヴィニアはその様子を、唖然《あぜん》としながら眺めていた。

「なんですか、この忙しさは」

やっと訪れた休憩時間。コンシェルジュ・デスク裏のバックオフィスでラヴィニアはカルロに訊《たず》ねた。問われた彼は「大体いつもこんな感じだよ」とのんびりティーカップを傾けている。

「ロビーってもっと、穏やかで落ちついた雰囲気の職場だと思っていました。まさかこんなにバタバタしているとは」

コンシェルジュに限った話ではない。フロントなど朝の時間帯はチェックアウトの手続きで戦場のような勢いだし、ポーターたちも優雅に歩いているように見せかけて、実は蟻のような忙《せわ》しなさであちこちに荷物を運んでいる。

つまりはみな白鳥なのだ。表面だけニコニコ優雅に振る舞って、水面下では足を必死にばたつかせているのである。

「それが見えている時点で、やっぱりラヴィニアちゃんは適材だね」

カルロはやることなすことすべて褒めてくる。どうにもそれが結婚詐欺師の手口を想起させて、ラヴィニアは素直に喜べない。

「お客様にくつろいでいただくため、優雅な空気を作り出すのもホテルマンの仕事なんだよ。どんなに忙しくて焦っていても、みんな表面上は余裕そうに振る舞わなきゃいけない。だからこの仕事、君に向いていると思ったんだよね」

先日もそんなことを言って、ラヴィニアはアシスタント・コンシェルジュとして引き抜かれたのだった。実際ロビーに放り込まれてみて、はじめてカルロの言わんとしていたことが理解できてくる。

「ま、仕事はゆっくり覚えてくれればいいよ。ただその前に、君に一つ極意を授けよう」

「極意？」

「『コンシェルジュの仕事は、お客様の気持ちに寄り添うこと』だ」

それのどこが極意なのだろう。単なる活動指標ではないのだろうか。

――チリン。

そこでコンシェルジュ・デスクの呼び鈴がなった。新たにお客様が来たらしい。

「お待たせしました。ご用件を……」

ラヴィニアはバックオフィスの扉を開けて外に出る。デスクの前に立っていたのは、偏屈そうな中年紳士だった。

「!? き、君、こんな場所で何をしているのかね」

509号室のコバック氏だった。氏はぴくぴくと眉間《みけん》を痙攣《けいれん》させたまま、デスクの前で硬直している。ラヴィニアは知った顔にほっとして、自然と口元を緩ませた。

「コバック様、ご無沙汰《ぶさた》しております」

コバック氏はあの一件以降も、509号室に滞在していた。癇癪《かんしゃく》のようなクレームは鳴りをひそめ、ルームメイドの立ち入りも数日に一度は許してくれるようになっている。

気難しさは相変わらずだが、すれ違えば「ん」とか「む」など返事のようなものを寄《よ》越《こ》してくれるので、ラヴィニアにとってはすっかり顔馴染《かおなじ》みの客となっていた。

「実は清掃部門から異動となり、本日よりアシスタント・コンシェルジュとして働くことになりました。どうぞよろしくお願いします」

「君が……コンシェルジュ……」

「はい。本日はどういったご用件でしょう」

「う、うむ。書類を出版社に送ろうと――だが、いや――」

コバック氏はきょどきょどと視線を定めぬまま口ごもるが、突然覚悟を決めた顔になると、送るはずだった封筒をバリバリと破きだした。中から原稿用紙を取り出して、ラヴィニアにずいと突き出してくる。

「……あの？」

「と、ときめきが足りない気がする。忌憚《きたん》なき意見を求むッ」

ラヴィニアが原稿を受け取ったとたん、コバック氏は転げるような速度で自室へと戻っていった。残されたラヴィニアは、氏の姿が見えなくなったところで手元に目を落とした。

『レディ・ゼロと復讐《ふくしゅう》の銃口』

例の小説がようやく書き上がったらしい。喜ばしいことだが、ときめきを求めるならまずタイトルを変える所から始めるべきではないだろうか。

「やるねぇ。あのコバック様と仲がいいんだ」

いつの間にか背後に、カルロが立っていた。

「あの方、よく書類の郵送を頼みに来るけど、一度も僕の目を見てくれたことがないよ」

「仲がいいわけでは……ないのですが」

原稿を渡されてしまった。どうすればいいのだろう。ときめきの評価なんて、とてもできる気がしない。

固まるラヴィニアに、カルロは微笑みかけた。

「とりあえず、読んで感想を伝えればいいんじゃないかな」

「だったら、こういう小説が好きな人をご紹介した方がいいんじゃ」

「コバック様は、君に読んで欲しかったんだよ。さすがにルームメイドに原稿は読ませられないと、ずっと我慢していたんじゃないかな」

「そんな」

「ほらほら、コンシェルジュの極意は？」

「……お客様の気持ちに寄り添うこと」

一応答えてみたものの、コバック氏の気持ちがよくわからなかった。どうして彼は、ラヴィニアに原稿を読んで欲しかったのだろう。

ひとまずその日の夜、ラヴィニアは生まれて初めてコバック氏の小説を通して読んだ。

そして三度泣き、十回ほどときめいて、翌日丁寧な感想をしたためた。

かくして、ラヴィニアのコンシェルジュ生活がひっそりと幕を開けたのである。


「オ願イ、願イマス」

コンシェルジュとして働き出して、一週間が経過したある日の午後。開口一番に問いかけてきたのは、褐色の肌に黒髪を垂らした人間の少女だった。

年の頃は、まだ十六、十七といったところか。身にまとうのは、きめ細かな刺繡《ししゅう》が施された赤砂大陸風の民族衣装である。首元には見事な天然石の飾りが輝き、全身からはいかにも高貴な身分の気配が漂っていた。

「ココ……泊マル。願ィ、ココダト、言ワレ……ル」

少女はフロント・デスクを指差しながら、片言の共通語で必死に何か訴えようとする。

「お客様。サナビア語でもよろしいでしょうか」

訛《なま》りと服装からして、おそらくこの少女は赤砂大陸中央部の出身だろう。そう当たりをつけて彼《か》の地の言語で語りかけると、少女の顔がぱっと晴れやかになった。

「あなた、サナビア語が話せるの？」

「はい。少々拙《つたな》くはございますが。――差し支えなければ、お名前とお部屋番号、ご用件をお伺いできますか」

ええもちろん、と問われるまま少女は情報を並べていく。

彼女の名はサリーナ・ダリム。本日アルハイム公国に入国したばかりの、旅行客だという。出身は赤砂大陸最大の面積を誇るタレス連邦で、アルハイム公国には旅客馬車と船を乗り継いではるばるやって来たのだとか。

「けれど片言の共通語じゃ、誰にも通じなくって。フロントで部屋を取るのもやっとのことだったの」

「それは大変でございましたね」

「ええ。だけど、これからどうしようって途方に暮れていたら、親切なフロントの方が、『コンシェルジュに相談するといい』と教えてくださって。本当の本当に、助かったわ！」

サリーナは饒舌《じょうぜつ》に言葉を並べる。言葉が通じる相手がいて、よほど安堵《あんど》したらしい。

そこまで喜ばれたなら、ラヴィニアも悪い気はしなかった。この一週間のうちに、コンシェルジュらしい振る舞いが身についてきたと自分でも思う。

『言葉は武器だよ、ラヴィニア』

ふと父の言葉が脳裏を掠《かす》めた。

『扱う言語が多ければ多いほど、多くの人間を騙《だま》し操ることができる。特に狙い目は、語学が不自由な外国人だ。心細くしているところに彼らの言語で話しかけてやれば、あっという間に気を許してくれるよ。試してごらん』

「それで、こちらにはどういったご用件でお見えになったのでしょうか」

記憶を振り払うように、ラヴィニアはサリーナに問いかける。よほど大事な用事なのか、サリーナは澄ましたように姿勢を正した。

「それが、一つお願いしたいことがありまして」

と言いながら、彼女の頬がぽっと赤みを増していく。

「夫を、探していただきたいの」

「旦那《だんな》様を、ですか」

サリーナが既婚者だとは思っていなかった。失礼にならぬよう、驚きは表情の奥に隠しつつ、ラヴィニアはサリーナが掲示した部屋番号を確かめる。

——だが彼女が宿泊するのは、３０３号室のクラシックルーム。シングルベッドが置かれた単身旅行者向けの部屋だ。当然ながら、二人での利用は不可である。

「旦那様とはどこかでお待ち合わせのご予定でしょうか」

「いえ、違うんです」

サリーナは照れ臭そうに首を横に振った。

「私、独身です。夫とはいずれ出会う予定と言いますか、探すつもりと言いますか。つまりはまだ、夫が誰かもわからなくって」

この娘は何を言っているのだろう。

まったく理解できなかったが、『客の言葉には真摯《しんし》に耳を傾け、望みを汲《く》み取るべし』とカルロから言い聞かせられている。ひとまず余計な口は挟まずに、ラヴィニアはサリーナの言葉を待った。

「私、未来を視ることができるんです。その未来視で、私は夫とアルハイム公国で出会う未来をこの目で視ました」

「未来、視」

「だから私、彼に会うためにここまで来たのです」

「なる、ほど」

「――お願いします」

サリーナは胸の前で手を合わせる。黒い瞳《ひとみ》が乞《こ》い願うように、戸惑うラヴィニアを見つめた。

「この国のどこかにいるはずなんです。どうか私の夫を、探してくださいまし」


サリーナの祖国であるタレス連邦は、大小様々な部族が寄り集まって生まれた国家である。魔大陸のほど近くに位置するこの国には、魔族を起源とする一族も存在するらしく、そのため人間でありながら、魔族のように不思議な力を持って生まれる者も少なくないのだとか。

サリーナの一族も、代々未来視の力を持つ女性が生まれることで知られていた。

「とは言っても、未来視が視せてくれるのは〝その時の選択によって、得られる可能性のある未来〟。つまり確定した未来を視ることはできないのです」

ロビーのソファに腰掛けながら、サリーナは早口で己の身の上を語り出す。

ラヴィニアとカルロもその向かいに腰掛けて、彼女の話に耳を傾けた。

「それに魔族の血が薄れたせいか、力はすっかり弱まっておりまして、今ではふとした瞬間、未来の誰かが見た光景を追体験する程度のことしか出来ません。数日前も、自室でくつろいでいたら突然未来視が始まって。見知らぬ部屋に立っていたところ、急に殿方が話しかけてきたのです」


その未来視は、見知らぬ邸宅の景色から始まった。

目の前には、〝ガイゼル王〟〝ルビリアン劇場〟と書かれた舞台のポスター。丁寧に額装されたそれを眺めていると、背後から肩をトンと叩《たた》かれた。

『サリーナ。またそのポスターを眺めているのかい』

振り返った先にいたのは、淡い小麦色の肌をした見目麗しい青年だった。呼びかけられて、サリーナは己が自分自身の未来を視ているのだと悟った。

『だって、楽しみで仕方なくて。……それに、この舞台を一番待ち望んでいたのはあなたの方でしょう』

『それはもちろん。だけど、そろそろ夕食の時間だよ』

そう言って青年は、一本のワインボトルを取り出す。

『クレマンソーの赤ワイン一六〇三年。僕たちが出会った思い出の国、アルハイムの酒だ。今夜はこれを開けよう』

『一六〇三年！　私たちが初めて会った年のワインね』

『先日、君のお父君が贈ってくださったんだ。結婚三周年のお祝いにぴったりだろう』

青年はラベルを指先でなぞった。端整な横顔に、旧懐の色が滲《にじ》む。

『懐かしいな。あの頃の僕は本当に貧しかった。だけど君ともう一度会いたくて、死に物狂いで頑張ったんだ。……だから、君とこうしていられることがいまだに夢のように感じられるよ』

『あなた……』

『愛しているよ、サリーナ』


――と彼が言ったところで未来視は終わってしまいました、とサリーナは嘆息する。

「衝撃でした。あんな素敵な殿方が、私の未来の夫になるなんて」

未来視を視たサリーナは、彼こそが己の運命の伴侶《はんりよ》であると確信した。そこで即座に荷物をまとめ、翌日には家を飛び出し、アルハイム行きの国際船に飛び乗ったという。

聞くだけで鳥肌が立つほど無計画で衝動的な話だ。だが隣のカルロは「ルビリアン劇場かぁ」と呑気《のんき》な声を上げた。

「西大陸で最も権威のある劇場ですね。今後の公演情報を調べれば、未来視がいつごろ先のものかわかるかも」

「まあ。調べてくださるのですか」

「もちろんですよ。サリーナ様は未来視で視た旦那様と出会うべく、この国にいらしたのでしょう」

「はい。もう、いてもたってもいられなくて」

と言いながら、サリーナは決意を固めたように両の拳《こぶし》を握りしめた。華奢《きゃしゃ》な体からは熱気が溢《あふ》れ、目には闘志の炎が宿っている。その姿は恋する乙女と言うより、獲物を狙う狩人《かりうど》に近かった。

「サリーナ様。一つ確認したいのですが」

サリーナの熱意に水を差さぬよう、ラヴィニアは慎重に言葉を選んで疑問を投げる。

「判明しているのは、『お二人が１６０３年にアルハイムで出会った』という情報だけですよね。なら実際に出会うのは、まだ先という可能性もあるのでは」

１６０３年を迎えて、まだ一ヶ月半しか経っていない。残り十ヶ月弱のうち、二人が出会うのはもっと先となる可能性もあるのではないだろうか。

だがこの問いかけに、サリーナははっきりと首を横に振った。

「この機を逃せば、次に私がアルハイムに行けるのは何年も先……いえ、一生訪ねることができない可能性だってありました。だから、今しかないのです」

確信をこめた声で断言されてしまう。ならば、とラヴィニアはさらに別の疑問を口にする。

「では、ご家族はどうお考えなのでしょう。失礼ながら、サリーナ様は大変格式あるお家柄の方とお見受けしますが」

「私、昨年成人しましたの。もう自由意志を認められる年齢ですわ」

だから問題ありません、とサリーナはすげなく答える。

とうとう反論の弾が尽きたラヴィニアは、小声でカルロに救いを求めた。

「どうします。彼女、本当に夫を探す気満々ですよ」

「もちろん、お手伝いすればいいんじゃないかな」

当たり前のようにカルロは言う。期待から外れた彼の反応に、ラヴィニアは眉《まゆ》を引きつらせた。

目の前の少女が、未来視などという不確かな情報に縋《すが》って、名前も知らない男を探そうとしている。そんな危険極まりない行為は、止めてやるのが大人の責任というものではないだろうか。

「僕たちはコンシェルジュだよ」

カルロはいつもの軽薄な表情のまま、ぱちりとウィンクしてみせる。

「たとえこれがお客様の勘違いであったとしても、僕たちの仕事は――」

「……お客様の気持ちに、寄り添うこと」

呪文《じゅもん》のように繰り返し唱えさせられた、コンシェルジュの極意。それを無理やり引きずり出されて、ラヴィニアは唇を曲げる。

だがこうなっては仕方がない。上司であるカルロがやると言うならば、その仕事を補助するのがラヴィニアの役目である。以前より多めの給料をもらっている以上、それに見合った働きを見せなくては。

心の内で大いにため息をつくと、ラヴィニアはコンシェルジュ・デスクへ戻って白紙を数枚取り出した。再びサリーナの前に腰を下ろし、紙と鉛筆をセンターテーブルの上に配置する。

「では、その男性の似顔絵を用意してみましょうか」

「似顔絵？　あなたがお描きになるの」

目を丸くするサリーナに、ラヴィニアは「はい」と小さく首を縦に振った。

「どんな情報でも結構です。未来の旦那《だんな》様の容姿について教えていただけますか」

「わかったわ。えっと――」

ひどく真剣な顔になって、サリーナは夫の特徴を挙げていく。

「肌は白いけど少し陽に焼けたような色をしていて、髪は黒く、年齢は二十代半ばくらいだと思います。上手だけど、ちょっと癖のあるサナビア語を話していたわ」

「二十代、黒髪……」

「顔立ちは女性的で顎《あご》が細く、ミシュルマ人に近い見た目でした。いえ、もしかしたら西大陸人と赤砂系の血を引いているのかも。それなら、肌の色にも説明がつくわ」

さすが海を越えるほどの恋をしているだけあって、サリーナの説明は細やかだった。

その後も輪郭、目鼻の形、眉、身長、体格を次々と聞き出して似顔絵に描き込んでいく。

カルロがすっかり感心した様子で、ラヴィニアの手元を覗《のぞ》き込んだ。

「ずいぶん手慣れているね。ラヴィニアちゃん、絵も描けちゃうの」

「子供の頃、兄と似顔絵捜査ごっこをしてよく遊んだものですから」

「……渋い遊びをするんだね」

本当は遊びではなく訓練の一環であったのだが、曖昧《あいまい》な笑みでごまかした。

似顔絵がおよそ出来上がったところで、さらにラヴィニアは質問を重ねる。

「何か耳に特徴はありませんでしたか。耳たぶが大きいとか、潰《つぶ》れた形をしているとか」

顔は化粧や加齢で変わることがあっても、耳の形が変わることはそうそうない。それだけに人探しの際には耳も有用な手がかりとなるのだが、残念ながらサリーナは首を横に振った。

「ごめんなさい、耳はしっかり覚えていなくて。顔ならはっきり思い出せるのに」

「お気になさらないでください。他人の耳をまじまじと観察するなんて、普通はしませんから。……よし、出来た」

あらかた描き終えると、細部を調整し、サリーナの前にそっと差し出す。

最終的に出来上がった似顔絵を見て、サリーナは歓喜の声をあげた。

「あの人だわ！」

描き出されたのは、優しげな瞳《ひとみ》が特徴的な美青年である。本当にこんな人物が目の前に現れたなら、うら若き乙女が恋してしまうのも無理はないかもしれない。

「では、明日はこの似顔絵を使って旦那様を捜索しましょう。私も同行いたします」

いいですよね、と隣のカルロに確かめる。「もちろん」と深い首肯が返された。

「でも、どうやって探すつもりだい。似顔絵をばらまくわけにもいかないだろう」

「少し考えがあります。それと、可能であれば街の案内役を手配したいのですが」

「案内役、か。女性二人だと危ないし、非番の竜兵隊に頼んでみようか」

次々と方針が定まっていく。さらに地図を用意し、集合時間を決めたところで、ラヴィニアはサリーナに向き直った。

「本来、人探しとは膨大な時間を要するものです。特にアルハイム公国は人の出入りが非常に激しい。一度や二度の捜索では探し人は見つからないものと、どうかご承知おきください」

「もちろん、わかっております。でも――」

サリーナはラヴィニアを強く見つめる。彼女の瞳には、希望の光が煌々《こうこう》と輝いている。

「あなたとお会いできたのも、きっと運命なのだわ。あなたがいるなら、私はこの人にお会いできるはず」

「私が、ですか」

「はい」とサリーナは言いながら、センターテーブルの上に置かれた似顔絵にうっとりと触れた。

どうやらラヴィニアは、似顔絵作成によって莫大《ばくだい》な信頼を得てしまったらしい。喜んでもらえたのはいいが、運命の一つに計上されたとたん、嫌な予感で胸が騒ぐ。

夢見がちな人間ほど、厄介なものはない。そのせいでラヴィニアは、一度人生をひっくり返されたのだから。

翌日早朝、ラヴィニアは手早く朝食を済ませると、ホテルロビーでサリーナと合流した。制服で街中を歩いては悪目立ちしてしまう。そのため本日は、私服での出勤だ。

「あとはもう一人、案内役が同行する予定ですが……」

エントランスへ目を向ける。ほどなくして、小さな影がぱたぱたと慌ただしくロビーに転がり込んできた。

「遅れて申し訳ございません！　本日お客様をご案内いたします、竜兵隊隊員アインです！　よろしくお願いしますっ」

現れたのは、金髪の少年アインである。びしりと竜兵式の敬礼をしてくるが、愛らしい容姿のせいでいまいち格好がつかない。

自分よりも目線が低い案内役を前にして、サリーナは「まあ」と頰に手を置いた。

「綺麗《きれい》な髪。この子が案内してくださるの？」

「……はい。その通りです」

本当は護衛役も兼ねてもらう予定だったが、その件は伏せたままにしておく。余計なことを言って、サリーナの不安を煽《あお》り立てたくない。

「そろそろ時間です。参りましょうか」

「はい！」

ラヴィニアの呼びかけに、元気な声が二つ重なる。子供を引率する教師の気分で、ラヴィニアはホテルを出た。

アルハイム公国の領土は、魔大陸南東に位置するゾラウ半島と、その対岸に浮かぶキルビア島によって構成されている。

このうち、半島側はホテル・アルハイムを中心とした旧魔帝国建築が多く残る旧市街、島側は連合軍総督府など西大陸風の建築物が並ぶ新市街と呼ばれ、両者互いにエルネシア湾を挟んで、異なる街並みを広げていた。

今回ラヴィニアたちが捜索に向かうのは、アルハイム公国内でも特に人間が多く集まる新市街である。そのために一行は、旧市街側から船に乗ってエルネシア湾を渡る必要があった。

「まあ、すごい人」

ホテル・アルハイムから徒歩十分。国営連絡船の船着場に辿《たど》り着くと、サリーナが感嘆の声を漏らす。

見渡す限りの人、人、人。決して小さくはない船着場には、今にも人が溢《あふ》れ出しそうなほど、多くの利用客が押し寄せていた。その八割が魔族であるが、中にはちらほらと人間の姿もある。

「旧市街と新市街を繋《つな》ぐ大型連絡船は、アルハイム公国の動脈とも呼ばれているそうです。アルハイム国籍の所有者は、無料で連絡船を利用することができるそうですよ」

券売所で二人分の乗船券を買いながら、ラヴィニアが解説する。すると時間を見計ったかのように、大型連絡船がのっそりと船着場に着岸した。舷梯《タラップ》が下ろされるやいなや、中からゾロゾロと大勢の乗客たちが降りてくる。

「さあ、行きましょう」

船が空になると、今度は船着場の乗客たちが雪崩《なだ》れ込むように連絡船に乗り込んでいった。ラヴィニアたちも乗り遅れることのないよう、客たちの波に乗って乗船した。

やがて連絡船は、ざぶざぶと上下左右に揺られながら、対岸船着場へと出発する。

上下甲板の二層構造となった連絡船の中は、新市街へ働きに出る通勤客や朝市で仕入れた野菜を運ぶ料理人、子守メイドに観光客など、多くの人でごった返していた。中には乗船客相手に、コーヒーや軽食を売り歩く人の姿もある。

船内の熱気に圧倒されたのか、サリーナは不安そうにラヴィニアに身を寄せた。

「あの、どうしてわざわざ連絡船に乗るのですか。ホテル・アルハイムの宿泊客なら、専用艇を利用できると聞きましたが」

その通り、ホテル・アルハイムは宿泊客たちが自由に観光できるように、常に専用の船を何艇か用意している。移動するのに、わざわざ離れた船着場へ向かい、ごった返す船内で他の乗客たちとぎゅうぎゅう詰めになる必要はないのだ。

だが当然、この船に乗ったのには訳があった。

「実は人探しをするにあたって、試したいことがございまして」

「試したいこと？　ここで、ですか？」

「はい、それは――」

「アルハイム・コーヒー。アルハイム・コーヒーはいかがですかぁ！」

ラヴィニアの声は、威勢の良い子供の声でかき消された。

見ると前方に、ポットを片手にコーヒーを売る魔族の少年の姿がある。

ひとたびポットをひっくり返せば大惨事になるにもかかわらず、少年は揺れる船上をものともしない足取りで、乗客たちの間をするすると練り歩いていた。

(あの子が良さそうね)

目星をつけると、ラヴィニアは右手を挙げてコーヒー売りの少年に呼びかける。

「こっちもコーヒーを三杯お願い」

「あいよ」

飛び跳ねるようにして、少年はラヴィニアたちの前に移動した。慣れた手つきで素焼きのカップを三つ取り出し、熱いコーヒーを注いでくれる。プラムとシナモンの甘い香りが、湯気と共にたちのぼった。

「どうだい。うちのコーヒーは毎日違う香りづけをしているんだよ」

　香りつきのコーヒーははじめてだった。口に含むと、甘い香りがコーヒーの苦味をまろやかにしてくれる。

「まあ、美味《おい》しい」

　おっかなびっくり口をつけたサリーナが、真っ先に声を上げた。その隣では、アインが「ふぅふぅ」と必死にコーヒーを冷ましている。

　確かに、滅多にお目にかかれぬ味わいだった。礼を言って、ラヴィニアは少年に用意していた似顔絵を広げて見せた。

「ねえ君。この顔に見覚えはない？」

「え、なになに。人探し？」

　いかにも好奇心旺盛《おうせい》そうな顔を輝かせ、少年は似顔絵を食い入るように見つめた。だがしばらくすると、「見たことないなぁ」と頬をかく。

「おいら、平日は夜明けから昼前までずっと連絡船でコーヒー売ってるけど、このお兄さんには見覚えがないや。これだけ男前なら忘れないと思うんだけど」

「そう。じゃあ……」

　ラヴィニアは、懐からコインを数枚取り出す。

「ちょっと、お客さんたちに聞いてきてくれない？　お礼は弾むわ」

少年は幼い顔に、きらりと商売人の表情を浮かべた。にかっと笑うと、ラヴィニアの手から似顔絵を掴《つか》み取る。

「ちょっと借りるよ」

そう言うと、少年は軽やかに甲板中央へ走って行った。かと思えば、似顔絵を高く掲げ、船内全体に響かんばかりの大声を張り上げる。

「誰か、この男前に見覚えはないかい！　名前、出身、身長、体重、趣味など、何でもいい。情報をくれた人には、綺麗なお姉さんたちがコーヒーおごってくれるよ！」

なんと少年は、乗客全員を巻き込んで聞き込み調査を始めた。いつの間にか褒賞が追加されているが、ラヴィニアが口を挟む間もなく乗客たちがわらわらと少年を取り囲む。

「誰か探しているのかい」

「知らん顔だなぁ」

聞こえてくるのは、ぱっとしない声ばかり。乗客たちは入れ替わり立ち替わり似顔絵を覗《のぞ》きに来るが、みな首を捻《ひね》って立ち去ってしまう。

だが諦《あきら》めの気配が漂い始めたところで、とうとう一人の女性が「あら」と知人に出くわしたような声をあげた。

「この子、ロラン君じゃない？　ほら、いまガイゼル王で王子役をやっている」

と言ったのは、食料袋を抱えた頭に小さな角のある初老婦人である。その隣で同族の友人らしき婦人も「間違いないわ」とうなずいた。

「アナタ、ソノ人、知ッタコトアル⁉」

すかさずサリーナが婦人に駆け寄った。つい先刻まで、船内の活気に萎縮《いしゅく》していたのが嘘のような勢いである。

「え、ええ」

鼻先が触れんばかりの距離まで顔を寄せるサリーナに、婦人たちはぎょっとした。それでも顔を見合わせて、こちらの疑問に丁寧に答えてくれた。

「彼、シュラブ座という劇団の役者さんよ。確か、劇団長の息子さんだったはず」

「あの劇団、一時は解散も噂されていたくらいだけど、ガイゼル王が話題になって持ち直したんですってね」

「やっぱりロラン君のお陰よねぇ。あちこちの劇団が彼を引き抜こうとしているらしいけど、どうなるのかしら」

「シュラブ座が彼を手放すはずないじゃない。ロラン君がいなくなったら、今度こそ解散よぉ」

得られた情報はそれだけだった。一通り話を終えると、ラヴィニアは約束通り婦人二人にコーヒーを振る舞った。

「探し人の手掛かり、見つかってよかったね」

コーヒー売りの少年は、空になった素焼きのカップを回収しながらにかりと笑う。彼は報酬のコインに加えて婦人たちのコーヒー代も受け取ると、次の客を求めて人混みの中へと消えていった。

「すごいわ。こんな簡単に手掛かりが得られるなんて！」

「このために、わざわざ連絡船に乗ったんですか⁉」

「え、ええ」

サリーナとアインが、尊敬の眼差《まなざ》しをラヴィニアに向けた。左右から「すごい、すごい」と熱のこもった声で言われて、どうにも居た堪《たま》れなくなってしまう。

海に土地を二分されたアルハイムの人々にとって、連絡船はなくてはならない交通手段だ。国中の人々が乗り込むこの船上ならば、聞き込みも効率的にできると考えたのは事実である。

だがコーヒー売りの少年と捜索対象の美貌《びぼう》によって、こんなにも早く手掛かりが得られてしまった。まるで用意された筋書きをたどっているかのような、薄気味悪さが胸を襲う。

『あなたとお会いできたのも、きっと運命なのだわ』

サリーナの台詞《せりふ》が、記憶の中で反響する。今ではそれが、ラヴィニアには予言のように感じられるのだった。

連絡船を降りて約一時間後。未来の旦那様《だんな》は、いとも簡単に見つかってしまった。シュラブ座が本拠とするドーン・グレイ劇場。「見学がしたい」と受付に無理を言って入り込んだその舞台上に、似顔絵の青年ロランが立っていたのである。

「聞け、悪魔ども。我が命が潰《つい》えようと、父上の威光は決して衰えはせぬ！」

聞こえてくる台詞は、世界三大悲劇と名高い〝ガイゼル王〟のものだった。現在、準主役であるヨアヒム王子を演じているというロランは、劇中でも佳境となる名場面を練習中らしい。客も役者もいない舞台で一人、彼は勇ましく拳《こぶし》を振るう。

「お前たちに汚された父上の名誉は、私がこの血で洗い流してみせよう！」

闇に魅入られた父王ガイゼルの名誉を守るため、悪魔と戦い命を落とす、悲劇の王子ヨアヒム。そんな彼の最期を演じる青年ロランには、確かに人目を惹《ひ》く華のようなものがあった。生来の優しげな美貌が相まって、悲壮な役柄がよく映える。

「――あれ。どちら様ですか」

劇場扉から顔を出す、三つの不審な影に気づいたらしい。ロランは台詞を止めて、ラヴィニアたちに呼びかけてきた。さらに舞台袖《そで》から、客席側へと降りてくる。

またとない好機だった。いまなら誰にも邪魔されることなく、彼と話をすることができるではないか。

だがラヴィニアが振り返ると、先ほどまで意気揚々としていたはずのサリーナが、なぜか石のようにうずくまっていた。

「どうしましたか。お腹、痛いんですか」

アインが顔を青くして、サリーナの肩に手を置く。

だがサリーナは膝《ひざ》を抱えたまま頭を横に振って、呻《うめ》くような声で言うのだった。

「む、無理」

「はい？」

思わず聞き返したラヴィニアを、サリーナは潤んだ目で見上げる。

「私から話しかけるなんて、絶対無理。そもそも私、男の方と話したこともほとんどないのよ。何を話せばいいのかもわからないわ」

「……左様でございますか」

いいからさっさと告白してきなさいよ、という言葉を呑《の》み込んで、ラヴィニアは深く深く息を吐いた。

乙女心とは度し難い。彼に会うため海まで越えて来たというのに、こんなところで怖《お》気《け》づくとは。だがあの青年と言葉を交わさねば、何も話は進まない。ここは何がなんでも、二人を引き合わせねば。

時には、お客様の背中を押すのもコンシェルジュの役目だよ――。

存在しないカルロの台詞を記憶に捏造《ねつぞう》すると、ラヴィニアはサリーナの腕をぐいっと掴んだ。そのまま彼女の体を引きずって、ロラン青年に歩み寄る。

「ま、待って！　心の準備が」

「お邪魔して申し訳ございません。シュラブ座のロラン様でいらっしゃいますか」

「え、ええ。その通りですが、あなた方は」

　引きずる女と引きずられる女。思わぬ珍客に、ロランは一歩後ずさる。左手はサリーナを掴んだまま、ラヴィニアは営業用の笑みを浮かべた。

「お初にお目にかかります。私はホテル・アルハイムのアシスタント・コンシェルジュ、ラヴィニアと申します」

「ホテル、アルハイム？」

「実は先日、シュラブ座の公演をご覧になったこちらのお客様が、ロラン様の演技にいたく感銘を受けたそうで――」

　ちらりとサリーナに視線を向ける。なんとか逃げ出そうともがいていたサリーナは、ロランと視線が合って「きゃ」とラヴィニアの陰に隠れた。

「ぜひロラン様のお話をお伺いしたいのですが、お時間ございますか？」

「……ええ、もちろん」

　ロランははにかみながらも了承してくれた。照れくさそうに頭を掻《か》く。

「驚いたな。ホテル・アルハイムに泊まるような立派な方が、うちの舞台を観てくれたなんて。僕でよければ、お話しさせていただきます」

　なかなか礼儀正しい青年である。稽古《けいこ》途中に押しかけてきた厄介客に対しても、嫌な顔一つしないとは。

これは案外悪くないかもしれないぞ、と思いながら、ラヴィニアはサリーナを前に立たせた。

「ほら、サリーナ様。お話ししてくれるそうですよ」

「う、うう」

長い葛藤《かっとう》の末、とうとうサリーナが口を開いた。顔を真っ赤にさせたまま、勇気を振り絞って言葉を紡ぐ。

「アノ、私ハ……」

だがその瞬間、サリーナの頭上に水が降り注いだ。バシャ、と水面を打つような音が響き、たちまちサリーナはずぶ濡《ぬ》れになってしまう。

「……え？」

本人はきょとんと目を瞬《しばた》かせたまま、黒髪からぽたぽたと水を滴らせている。

誰かがサリーナに水をかけたのだ。すぐさま周囲に視線を走らせれば、客席の隙間でこそこそと動く、小さな影が目に留まった。

「リバル！」

ラヴィニアが呼び止めるより早く、ロランが叫んだ。影はびくりと震えると、恐る恐る顔を上げる。

その正体は、アインと変わらぬ年頃の少年だった。黒髪に浅黒い肌、そして彫りの深い顔立ち。言われずとも目にしただけで、ロランの血縁だとわかる容姿である。さらに少年の手には、犯行の道具と思《おぼ》しき空のバケツが抱えられていた。

「リバル！　お前、お客さんになんてことを！」

「う、うるさい！」

リバルと呼ばれた少年は、感情的な声で応《こた》えた。

「全部、兄ちゃんが悪いんだ！　兄ちゃんの意気地無し！」

声を吐き尽くすように叫ぶと、少年は劇場の外へと逃げ出してしまう。パタパタと逃げる足音だけが、遠くに聞こえた。

「ああ、もう――あいつめ！」

少年を追おうとして、けれどもずぶ濡れの客を放っておけず、ロランは出口とサリーナを交互に見た。だが結局は後者を選んだようで、彼は申し訳なさそうにサリーナの顔を覗《のぞ》き込む。

「申し訳ございません！　あの、大丈夫ですか？」

「は、ハイ……」

「すぐに乾かさなくては。どうぞ、僕の家にお越しください」

一体、何がどうしてこうなったのか。

事情を呑み込めぬまま、ラヴィニアは濡れ鼠《ねずみ》となったサリーナとただただ顔を見合わせた。

劇場を出て、市街を歩くこと数分。西方風の瀟洒《しょうしゃ》な街並みを離れ、小さな家々が肩を窄《すぼ》めて並ぶ地区へと足を進めた先に、ロランの家はあった。

「あら、お客様？」

粗末な扉を潜《くぐ》り抜けた室内では、大きな腹を抱えた女性が食事の支度をしていた。彼女こそ、ロランの母親である。

彼女は息子から事情を聞くと「まあ」と困ったように頰に手を当て、すぐさま家中の布を集めてくれた。そして替えの服を用意し、サリーナを暖炉の近くに座らせ、早く乾くようにと髪を梳《す》いてくれたのである。

あまりの手際の良さに、ラヴィニアとアインは手を出す隙もない。

「申し訳ございません。身重の女性に、こんなことをさせてしまって」

サナビア語で謝罪するサリーナに、父親が赤砂大陸人だったというロランの母親は、懐かしそうに眉《まゆ》を下げた。

「どうかお気になさらないで。あなたがこうなったのも、息子の仕業なのでしょう」

それに産むのはこれで三度目なのよ、と彼女は腹をぽんと叩《たた》く。もう妊娠九ヶ月だというのに、なんとも剛毅《ごうき》な女性だった。

サリーナの髪がすっかり乾いたところで、ロランが首根っこを摑《つか》んだまま弟を連れてきた。その背後には、何度も頭を下げる彼らの父親——シュラブ座劇団長の姿もある。

色の抜けた頭髪はすっかり薄くなっていたが、西大陸人らしい鼻筋の通った顔立ちが印象的な人物だった。若い頃は、さぞかしモテたに違いない。

「ごめん、なさい」

こってり絞られた後だったのか、すでにリバル少年の顔は涙で真っ赤に腫《は》れ上がっていた。洟《はな》をすすりながら、少年は途切れ途切れに謝罪する。

「お客さんに、ひどいことするつもりはなくて。迷惑かけて、すみませんでした……」

「申し訳ございません。普段はこんな悪ふざけをするような子供ではないのですが」

劇団長も、末息子の隣に並んですっかり恐縮の体《てい》である。ちらちらと視線がラヴィニアに向くあたり、ホテル・アルハイムへの評判も気になるのだろう。

「おい。どうしてこんな真似をしたんだ。泣いてばかりじゃわからんだろう」

「だって」

ひぐ、とリバルは続きの言葉を呑み込みかけた。だが拳《こぶし》を握りしめると、意を決したように思いの丈を叫び始める。

「だって兄ちゃんが、西大陸の劇団の誘いを断ったから！」

「おい」とロランが弟を窘《たしな》めようとするが、リバルは父と兄の手を振り払った。

辛うじてリバルの共通語を聞き取ったサリーナが、少年とその家族たちをぱちくりと見つめる。

「ドウイウ、コト」

「二日前、有名な西大陸の俳優さんが『自分の劇団で働かないか』って兄ちゃんを誘ってくれたんだ。それなのに、兄ちゃんは『公演が残っているから』って断っちゃって」

思い出すうち、また悔しさが込み上げてきたようだ。嗚咽《おえつ》を呑《の》み込みながら、リバルは続ける。

「いっそ公演に出られなくすれば、兄ちゃんがあの俳優に付いていくかもって思って。それで、俺、兄ちゃんに水をかけようとしてっ……」

だが予想以上にバケツが重く、狙いを誤ってサリーナに水をかけてしまったのだという。なら衣装か舞台装置でも壊せばよかったのに――とラヴィニアは思ったが、意見は心に秘めておいた。今は、子供の浅知恵を論《あげつら》う場面ではない。

「なあ、兄ちゃん。あの俳優《ひと》、明日《あした》の船で西大陸に戻っちゃうんだろ。今からでも遅くないから、一緒に行った方がいいよ。だって兄ちゃん、世界一大きな舞台に立つのが夢だって、言ってたじゃないか」

ほとんど懇願するように、リバルは兄を見上げた。だがロランはちら、と父親を一瞥《いちべつ》すると整った顔を伏せてしまう。

「やっと最近、うちの劇団に来てくれるお客さんが増えたんだ。それなのに、僕が抜けるわけにいかないだろう」

「兄ちゃん……」

「それにお前の学費を稼がなきゃいけないし、もうすぐ母さんも出産だ。西大陸じゃ、僕みたいな外国人は役をもらうのも難しいことを考えると、ここで頑張ったほうが――」

「あなたは、成功すル」

やや片言の共通語が、ロランの言葉を遮った。

「あなたは、西大陸デ、成功すル」

声の主はサリーナだった。たどたどしくも確信に満ちた彼女の言葉は、予言のように重く響く。途端に部屋は静まり返り、ロランは台詞《せりふ》の続きを忘れて棒立ちとなった。

「あなた、は……」

カラン……カラン……

遠くで教会の鐘が鳴り響く。その音が数えて四つであることに気がついて、団長が「いかん」と慌て出した。

「夜公演の準備をしないと。行くぞ、ロラン！」

「う、うん――」

まだ夢から醒《さ》めきらぬような顔のまま、ロランは父親に手を引かれて家を出ていった。

残ったのはラヴィニアたち三人と、身重の母親、そしてリバルである。

「兄ちゃんだって、本当は西大陸に行きたいはずなんだ。父さんだって、わかっているはずなのに」

「お父さんにも、守らなくてはならないものがあるのよ」

頬を膨らませる我が子の頭を、母親が優しく撫《な》でた。穏やかではあるが、彼女の顔にも戸惑いの影が落ちている。

「でも、そうね。あの子の大切な未来のためだもの。今夜もう一度、家族でよく話し合いましょう」

5　過去と未来と赤ワイン

ロランの家を出たあと、ラヴィニアたちはホテルに戻るべく新市街の路地を進んだ。しばし沈黙が続いていたが、人気《ひとけ》のない広場にさしかかったところで、サリーナがぴたりと足を止める。

「わかったの。私が未来視で視たガイゼル王のポスターは、彼が出演する舞台のものに違いないわ」

――やはりその結論に辿《たど》り着いていたか。

うっすら嫌な予感を噛《か》み締めながら、ラヴィニアはサリーナの主張に耳を傾けた。

「彼は西大陸に渡り、瞬く間にスターの道を駆け上がっていくの。そしてついに、ルビリアン劇場で王子の役を射止めるのだわ。そしてその頃には、私と……」

そこまで言って、サリーナは来た道を振り返った。彼女が見つめる先は、ドーン・グレイ劇場がある方角である。

「彼は明日、西大陸行きの船に乗るはず。なんとか想いを伝えて、私も一緒に行かなくちゃ」

とうとうサリーナの計画が、危惧《きぐ》していた領域に到達してしまった。心の中で眉間《みけん》を押さえながら、ラヴィニアは必死に脳を振り絞った。

ここは、コンシェルジュとしてなんと声をかけるべきだろう。

『かしこまりました。では明日の船のチケットを手配いたします』

いやだめだ。あまりに無責任すぎる。

『共通語もろくに話せないのに、出会ったばかりの男と異国へ行くおつもりですか』

あえて喧嘩腰《けんかごし》の台詞も考えてみたが、当然却下だ。こんな言葉を吐いたが最後、サリーナは躍起になってロランに付いていこうとするだろう。今の彼女には水をかければかけるほど、逆に燃え上がるような危うさがあった。

「サリーナ様は、どうしてそこまで彼に拘《こだわ》るのです」

結局口をついたのは、素朴な疑問だった。

未来視で出会った、見目麗しい異国の青年。そんな彼に一目惚《ひとめぼ》れしてしまう気持ちは、まだわからなくもない。だがサリーナの行動には、単純な恋心では説明のつかぬ執着のようなものが見え隠れしていた。

「彼と共に西大陸へ赴くにしても、いきなり明日出立するのはあまりに危険です。まずは本国のご家族に連絡を」

「だめ！」

鋭い声で、続きの言葉を阻まれる。あまりの剣幕にラヴィニアが目を瞬《しばたた》くと、サリーナは「あ、その」と取り繕うように早口でまくし立てた。

「私の父は、とても悪い人なの。未来視の能力を利用して、良からぬことを企《たくら》んでいるのよ。赤砂大陸は昔から家父長制が強いから、女は政治の道具としか思われていなくって、だから連絡は」

「それは、嘘ですね」

必死に並べた言葉をばっさりと切り捨てられて、サリーナはぴたりと動きを止めた。黒々とした瞳《ひとみ》がどうして、と言いたげにラヴィニアに向けられる。

見抜いた理由の八割は『サリーナの嘘が下手だったから』ではあるものの、残り二割にははっきりとした根拠があった。

「私がサリーナ様のお父様でしたら、娘に共通語は学ばせません。下手に語学力をつけさせたら、未来視で得た貴重な情報を外部に流出させてしまう恐れがありますので」

いっそ読み書きも禁じたほうが効率的なくらいです、とラヴィニアは冷ややかに言う。いきなり犯罪的観点からの意見をぶつけられ、サリーナは反論の言葉もないようだった。

「娘を政治の道具とするならば、外部へ伝える言葉を持たず、外の世界も知らない――そんな深窓のご令嬢にする方が、ずっと好都合なのです。でも、サリーナ様は違うでしょう」

ふらりと海外へ赴けるほどの金銭を自由に使え、共通語を学び、赤砂大陸における女性の扱いが、他国と比べ不当であることを理解している。

そんな彼女を前にして、父親が〝未来視悪用を目論む悪人《もくろ》〟とは到底思えなかった。見えてくるのはむしろ、娘に国際的な教育を施そうとする、先進的な父親の姿である。

「無理にご家族に連絡をしろとは申しません。ですがサリーナ様には、どうしても彼と結婚したい別の事情があるとお見受けしました。……どうか、本当のことを教えていただけませんか」

最後は穏やかな声で締めくくると、黙り込むサリーナを見つめる。

「本当の、こと」

抱えていた荷を下ろすか否か迷うように、サリーナは口籠《くちごも》った。しばし、遠くに聞こえる街の喧騒《けんそう》が二人の間を満たす。だがやがて、今にも泣き出しそうな顔を前に向けると、サリーナはゆっくりと口を開いた。

「ラヴィニアさん。私は……」

「二人とも！　すぐに道を戻ってください！」

突然、アインが叫んだ。「どうして」とラヴィニアが口にするより早く、前方路地の死角から屈強な男たちが連なるように姿を現す。彼らが腰元に構えるのは、白刃煌《きら》めく銃剣だ。

「サリーナ様、こちらへ！」

銃器を目にした瞬間、ラヴィニアは反射的にサリーナの腕を掴《つか》んだ。ぽかんとする彼女を引きずるようにして、来た道を戻ろうとする。だが振り返ると背後でも、同じ服装の男たちが道を塞《ふさ》いでいた。彼らの銃口は、まっすぐとラヴィニアたちに向けられている。

結局、逃げ場はなかった。ラヴィニアたちは壁際に追い立てられるようにして、周囲を武装した男たちに取り囲まれたのだった。

「連合軍……!?」

ラヴィニアたちを庇《かば》うように両手を広げながら、アインが戸惑いの声をあげる。

彼の言う通り、男たちは揃いの軍服を身にまとっていた。胸に縫いつけられた鷹《たか》の徽《き》章《しょう》は、間違いなく連合軍のものであった。

――九十八年前の敗戦後。魔大陸は辛うじて、人類による占領を免れることができた。だがその代償に、彼らは〝平和維持〟の名目でアルハイム公国領内に連合軍総督府と特別基地の設置を余儀なくされる。

さらに連合軍の兵士たちは公国領内であっても武器を携帯することが許され、治安維持のための武力行使も一部区画を除いて認められる決まりとなっていた。

(……とは言っても、ここがルードベルトの領地であることには変わらないのに。どうしてこいつら、私たちに銃を向けているの)

サリーナの前に立ちながら、ラヴィニアは兵士たちの顔を見回す。すると一人の兵士がのそりと大股《おおまた》で進み出た。

手も肩幅も、優にラヴィニアの二倍はありそうな大男である。こちらを見下ろす目つきは威圧的で、不揃いな髭《ひげ》に覆われた顔はどことなく熊に似ていた。ただし、愛嬌《あいきょう》のようなものはない。熊は熊でも、山道で遭遇したくない類《たぐい》の熊である。

「そちらにいらっしゃるのは、サリーナ・ダリム嬢で間違いないか」

兵士は震えるサリーナに無遠慮な視線を投げた。サリーナが「えっ」と反応を示すと、獰猛《どうもう》な顔がにやりと歪《ゆが》む。

「おお、やはりダリム嬢でいらっしゃいましたか！」

「あ、あの？」

「申し遅れました。私は連合軍総督府所属、巡警部隊のグウェン・ガロード曹長です。タレス連邦のダリム法務大臣より、行方知れずとなった御息女がアルハイムに入国されたとの知らせを受け、あなた様を保護しに参りました」

ラヴィニアが横目で見ると、サリーナは肩をすぼめて俯《うつむ》いた。どうやら、彼の発言は真実であるらしい。

（やっぱり家出だったか）

予想通りではあったため、さして驚くことはない。だが彼女の父親が、一国の大臣であることには衝撃を覚えた。サリーナのことを名家の令嬢とは思っていたが、まさか国の中枢を支える権力者の娘だったとは。

「我々が来たからには、もう安心です。さあ、共にお父上の元へ参りましょう」

一方的にしゃべり立てると、ガロードは腕を伸ばした。彼のふしくれだった太い指が、サリーナの肩を無遠慮に掴もうとする。

だがあと少しのところで、ラヴィニアがその手を勢いよく叩《はた》き落とした。

「……っ！」

「あなた方にも、色々と事情があることはお察しします」

相手を叩《たた》いたはずが、逆にじんじんと痛み出した手を摩《さす》りながら、ラヴィニアはガロードを睨《にら》み上げる。

「ですが、銃を突きつけながら丸腰の女性を連れ出そうとするなんて、無粋にもほどがあるのではなくて。サリーナ様が怯《おび》えていらっしゃるのがわからないの」

「あぁ？　なんだ、小娘」

太い眉《まゆ》が、不愉快そうに寄せられる。

「ダリム嬢は、誘拐された可能性も高いとの報告を受けている。よもや貴様、ダリム嬢を拐《かどわ》かした一味ではなかろうな？」

「はあ？　私はホテル・アルハイムの」

「このところ、魔族と結託して人間を拐かす組織もあるからな。何にせよ、我々の邪魔をするなら人間であろうと容赦はしないぞ」

どうやらこの熊は、他人の話が聞けない熊らしい。ある意味、ラヴィニアがもっとも苦手とする種類の人間である。

だからこそ、サリーナを引き渡すわけにはいかなかった。この連中は信用ならないと、ラヴィニアの勘が警鐘を鳴らしていた。

「即刻立ち去れ。さもなくば任務妨害の意思ありと見て、お前たちを処分する」

ガロードの言葉と共に、兵士たちが銃剣を構えなおした。銃口の先が、一斉にラヴィニアへと向けられる。指先をかけられた引き金が、「かちゃ」と小さな金属音を発した。

「小娘。後悔する前にさっさと――」

「待て待て。お前ら、何やってんだ」

気怠《けだる》げな男の声。すると兵士たちの動きがぴたりと止まった。張り詰めた空気が、一気に緩む気配がする。

何事かと声の方を見やれば、硬直する兵士たちの隙間をこじ開けるようにして、軍服姿の青年が現れた。

軍人にしては、線の細い男である。ひょろりと長い手足に、子供のようなくせ毛の髪。年齢は二十かそこらといったところで、軍帽の下には眠たげな顔が見え隠れしている。襟元の階級章には星が一つ入っていて、彼が連合軍の将校であることを示していた。

青年は現場の状況に視線を巡らせ、最後に兵士たちの銃剣に目をやると、「あーあ」と面倒そうに頭を掻《か》く。

「また先走ったのか。だから確認が済むまで、捜索は待てと言ったのに」

「……カリーニン少尉」

ガロード曹長が忌々《いまいま》しげに顔をしかめた。そんな大男の反応など意に介さず、青年は両手を叩いて兵士たちに呼びかける。

「お前ら、いますぐ銃を下ろせ。ほら、早く早く」

兵士たちは困惑顔で顔を見合わせるが、やがて戸惑いがちに銃口を地面に下げる。その様を見て、やっとラヴィニアたちは安堵《あんど》の息を漏らした。

「悪かったな」

兵士たちが引き下がったのを見て、青年将校はラヴィニアたちに歩み寄る。

「このところ、物騒な事件が続いていて兵士たちの気が立っていたんだ。敵意はないから安心してくれ」

「……敵意はない、ですって」

「おっと」

眉を吊《つ》り上げたラヴィニアに、青年は肩をすくめた。急に改まった態度で、足を揃えて敬礼して見せる。

「俺は連合軍総督府所属、フレデリク・カリーニン少尉だ。この度はうちの兵がご迷惑をおかけした。改めて、深くお詫《わ》び申し上げる」

「少尉……」

軽い口調に似つかわしくない階級である。士官学校を出たばかりの、どこぞの貴族の御曹司といったところだろうか。

ラヴィニアは訝《いぶか》るように目を眇《すが》めるが、カリーニンは気にせぬ素振りで軍帽を深くかぶり直した。

「なあ。あんたら、ホテル・アルハイムの従業員だろう」

「どうしてそれを」

「ついさっきまで、お邪魔していたもんでな」

あちらの従業員から色々聞いたよ、と言いながらカリーニンはサリーナに視線を移す。

「サリーナ・ダリム嬢。二時間ほど前に、ダリム法務大臣がアルハイム公国に入国されました」

「オ父様ガ⁉」

「ええ。あなたがアルハイム行きの客船に乗ったと知ってすぐ、船に飛び乗ったと伺っております。大変心配されていらっしゃいましたよ」

サリーナはよろけるように後ずさった。驚愕《きょうがく》、動揺、そして焦燥。様々な感情がないまぜとなった彼女の顔を、カリーニンは冴《さ》えた碧《あお》い瞳《ひとみ》で見つめる。

「大臣はホテル・アルハイムの客室で待機されています。ご同行いただけますね？」

　その後ラヴィニアたちは、ホテル・アルハイムへと移動した。アインを竜兵隊の詰所へ向かわせ、言われるがまま向かった310号室で、彼女たちを出迎えたのは立派な白ひげを蓄えた初老の男性である。男性は来客の中にサリーナの姿を認めると、いかにも人の好《よ》さそうな顔をくしゃくしゃに歪めた。

「サリーナ！　おお、サリーナや！」

彼こそが、サリーナの父親ザイード・ダリム大臣であるらしい。大臣は愛娘《まなむすめ》を頭の上からつま先まで丹念に確認すると、瞳に涙を浮かべた。

「お父様……」

「サリーナ、何故誰にも言わず家を飛び出た⁉　お前に何かあったらと思うと、私は心配で心配で夜も眠れなかったのだぞ！　お前がアルハイム行きの船に乗ったという記録を見つけたから、急いで連合軍の知り合いに保護を頼み、自分も商船に飛び乗ってここまで来て……。ああ、ここ五日間のことを思うと、毛という毛が抜け落ちてしまいそうだ！　どうしてこんな真似をしたのか、しっかり説明してもらうからな！」

サリーナのおしゃべり癖は、父親譲りであるようだ。娘以上の勢いで経緯を語ると、大臣は鼻が赤らんだ顔を厳格そうにしかめる。

しかしサリーナは、じっと黙り込んだまま口を開こうとしなかった。そのまま数分、親子の間に沈黙が降りる。だんだんと居心地の悪い空気が流れてきたところで、先に白旗をあげたのは大臣の方だった。

「……ああ、もういい。理由はそのうち聞こう。とにかくお前が無事でよかった」

大臣は物言わぬ娘の肩に両手をぽんと置く。かなり甘い父親のようだ。

「さっき、コンシェルジュに帰国の手配をしてもらったんだ。二日後にはアルハイム港から連邦行きの船が出るから、それに乗って一緒に帰ろう。良いな？」

「……っ！　だめ！」

それまで口を閉ざしていたサリーナが、突然顔を上げた。必死の形相で勢いよくかぶりを振る。

「私はロランさんと西大陸に行かなきゃいけないの！　お父様とは帰りません！」

「は？　ロラン？」

聞き慣れぬ男の名前に、大臣は凍りつく。

「ロランって、誰だそれは⁉　まさかお前、妙な男に騙《だま》されたのではないだろうな⁉」

「違うわ」

サリーナは両手で顔を覆った。彼女の指の隙間から漏れ聞こえるのは、悲壮な決意を含んだ声である。

「私、あの人と結婚している未来を視たの。しかも、結婚三周年だと言っていたわ。だけど、それでも……お父様が、ちゃんといらしたの！」

いったい、どういう意味だろう。彼女の言葉の意味を測りかねて、ラヴィニアはわずかに首を傾けた。

だが大臣には、娘の真意が伝わったらしい。彼は脱力したように、すとんと両肩を落としてしまった。

「──そう、だったのか」

「お願い、お父様。相手の方も、とっても素敵な方なのよ。彼となら私は」

「いや。その話はこれまでにしよう。奥の部屋で休んできなさい」

先刻とは打って変わって落ち着いた面持ちで、大臣は会話を打ち切ってしまう。

サリーナは訴えかけるように父を見上げた。だが父親に意思を曲げる様子がないと知ると、堪《こら》えきれずに涙をこぼす。

「お父様のわからずや！」

彼女が寝室に駆け込むと同時に、バタンと勢いよく扉が閉じられた。しばらくして聞こえてきたのは、押し殺すような泣き声だった。

「どうやら、ずいぶんと迷惑をかけてしまったようだね」

寝室のドアを見つめたまま、大臣が口を開いた。部屋の隅で息をひそめていたラヴィニアは、控え目に首を横に振る。

「いいえ。出過ぎた真似をしてしまい、大変申し訳ございませんでした」

「とんでもない。あなた方が娘の面倒を見てくれて助かったよ」

この親にしてあの娘あり、と言いたくなるほど人の好い御仁である。大臣は近くのソファに崩れるように座り込むと、遠い目のまま頬杖《ほおづえ》をついた。

「……君。娘の未来視がどんなものか、ご存知かね」

「はい。その時の行動で、得られる可能性のある未来を視るものと伺っております」

「その通りだ。あの子が視るのは確定した未来ではない。たった一つ、選択を誤るだけで消え去るような、脆《もろ》く儚《はかな》いものなのだ。だが――」

一つ呼吸を置いて、大臣は窓の外へと顔を向ける。

「ここ半年のあいだに、あの子は私がいない未来を何度か視たようでね。どうやら私には、近いうちに命を落とす可能性があるらしい」

すぐには返す言葉が見つからなかった。ラヴィニアは驚愕と共に、サリーナが語って聞かせてくれた未来の内容を思い出す。

『先日、君のお父君が贈ってくださったんだ。結婚三周年のお祝いにぴったりだろう』

未来視の中で、彼女の夫はそう口にしていたという。

それはつまり、少なくとも三年以上先の未来でも大臣が健在であるということ。

サリーナの本当の目的は、これだったのだ。彼女は父が生きながらえる未来を得るため、このアルハイムを訪れたのだ。

「私の一族は胸を患う人が多くてね。父もちょうど私くらいの年に亡くなった。もしかしたら私も、父と同じ病で死ぬのかもしれない」

「ダリム様。それは」

「ああ、気にしないでくれ。私は未来視の内容に縋《すが》るつもりはない。死の運命も、受け入れる覚悟はある」

大臣はテーブルの上に置かれたグラスに手を伸ばした。中に残った水を、一気に飲み干す。

「それにご先祖様方は、未来視のせいで過去に色々と手酷《てひど》い失敗をしたらしくてね。『より良い未来は、より良い選択によって得られるものだ』と父からよく言い聞かせられたものだよ」

だからどんな未来を告げられても、生き方を変えるつもりはないと彼は言う。

「私はサリーナにも、そうあってほしいんだ。未来のためではなく、今の自分のために行動してほしい。死の未来に惑わされることなく、正しい選択のできる女性となってほしい。そうしてくれるなら、私は……」

言いかけたところで、大臣ははっと口元に手を当てる。

「すまない。家族の事情をべらべらと」

「いいえ。私としても、お嬢様のお気持ちを知りたいと思っておりましたので……」

新市街の路地裏で、彼女が言いかけていたのはこの話だったのだろう。

だがあの時サリーナから真実を聞けたとして、ラヴィニアにできることはあっただろうか。父親を救いたいという彼女の苦悩を、軽くしてやることはできたのだろうか。

「君も、他に仕事があるのだろう。ここはいいから、どうぞ下がってくれ」

今日は世話になった、ともう一度礼を言うと、大臣は物思いに耽《ふけ》るように足元へ視線を落とした。

これ以上、できることはない。ラヴィニアは静かに一礼すると、３１０号室を後にするのだった。

　310号室を出た先の廊下では、カリーニンとナバルが肩を並べて立っていた。異様な組み合わせを前にして、ラヴィニアは「う」と足を止める。

「これ、どういう状況かしら」

「大臣ときたら、単身でアルハイムにいらしたそうでね。連合軍加盟国の高官を放置するわけにもいかないし、帰国されるまで連合軍が護衛を務めることになったんだ」

　カリーニンは、遠慮がちな視線を隣人に向ける。

「それで、担当の兵士が到着するまでの繋《つな》ぎとして、部屋の前で待機しているわけなんだが……」

「信用ならないので、俺《たち》がこいつの監視をしている」

　憮然《ぶぜん》としてナバルが続けた。つまり彼らは現在、二重監視の状態にあるわけだ。

　竜兵隊と連合軍の関係は、あまり良好ではないらしい。今日のガロードという兵士の振る舞いを見るに、そうなるのも必然と言えるだろう。

「心配しなくとも、俺は暴れたりしないよ」

　だから放っておいてくれるとありがたいんだがね、と語るカリーニンに、ナバルは「ほう」と無感情な相槌《あいづち》を打つ。

「部下からは、連合軍の兵士が新市街近辺で好き勝手に暴れていると報告を受けているが」

「兵士たちも気が立っているんだよ。最近、魔大陸全体がきな臭いからな」

愚痴めいた声でぼやいて、カリーニンは口の端を持ち上げた。

「ま、お互い仲良くしておこうぜ。おたくらのご主人様だって、半分人間なんだろう」

――人気《ひとけ》のない廊下に、カリーニンの声はよく響いた。乾いた空気がひりつくものへと変わっていく。

「二年前、先代アルハイム公が亡くなった際に、純血の兄ではなく半魔の弟がホテルを継いだ。そのせいで、従業員の半分近くが辞めちまったと聞いたぜ。しかも現アルハイム公の兄貴は魔帝国復権派の頭領になって、水面下で反連合軍活動を始めているとか。そのせいで、現アルハイム公は腰抜けだと揶揄《やゆ》する魔族も」

「おい、貴様。カリーニンと言ったか」

ナバルが静かに遮った。いつもの激情とは違う、研ぎ澄ました敵意が両の瞳《ひとみ》に漲《みなぎ》っている。

「今自分の立つ場所が、どこだかわかっているのか。これ以上我が主人を侮辱するならば、容赦はしない」

ナバルの腕の筋肉が、ぎちぎちと音をたてて膨張した。爪先《つまさき》は刃《やいば》のように伸びはじめ、獣が唸《うな》るような声が喉元《のどもと》から漏れ聞こえる。

まずい。この男、本気で怒っている。

慌てて二人の間に体を滑り込ませると、ラヴィニアはナバルの右腕を小突いた。

「ちょっと、よしなさい。こんな場所で暴れるつもり？」

次いでカリーニンを、冷ややかに睨《ね》めつける。

「あなたも、魔族に喧嘩《けんか》を売るならもう少し場所を選びなさいよ。ここじゃ何をやったって、くびり殺されるだけよ」

「あ、ああ」

「……ふん」

辛うじて、平和の糸は切れずにすんだ。

いつの間にか元通りになった腕を、ナバルは不機嫌そうに胸の前で組む。あのまま放置していたら、彼の姿はどうなっていたのだろう。

「俺は喧嘩を売るつもりも、侮辱するつもりもなかったんだが」

気を悪くしたならすまん、と申し訳なさそうにカリーニンは頭をかいた。

「ただ、あんたたちは連合軍側と仲良くした方が得なんじゃないかとは思っているよ」

「得、だと」

「アルハイム公の兄貴が反連合軍じみた活動を始めたせいで、連合軍内でも魔族に対する危機感が強まっている。今日の昼間だって、うちの兵士が先走っておたくらに銃を向けちまった」

人に敵意を抱く魔族の巣窟《そうくつ》に、人間のご令嬢が迷い込んでしまった。なんとしても彼女をお助けしなければ――という考えが、兵士たちに銃を構えさせたという。

「現アルハイム公は、先代と同じ親和派なんだろう。なら連合軍相手にカリカリしない方がいい。無駄な小競り合いはない方が、俺も楽で助かるしな」

どうもこの男の言葉は、すべて本心から来ているらしい。飄々《ひょうひょう》とした言動には、悪意が一切感じられない。

「知ったような口を」

吐き捨てるように言うと、ナバルはラヴィニアたちに背を向けた。

「失礼する。これ以上は聞いていられん」

そのまま、階段へ向かって歩き出してしまう。その背中を見送って、カリーニンはポツリとつぶやいた。

「まずいこと言っちまったかな」

本当にね、と心の中で同意して、ラヴィニアもその場から離れようとする。だが歩き出した彼女を、カリーニンが呼び止めた。

「なあ。ずっと思っていたんだが、あんた、どこかで会ったことないか？」

内心ではぎくりとするが、動揺を悟られぬよう軽蔑《けいべつ》の目をカリーニンに向ける。

「それ、口説いているつもり？」

「悪い、そういうつもりじゃない。誓って言うが、俺はあんたみたいな女が特に苦手だ。実家の姉貴たちを思い出す」

どうもこの男は、余計な言葉で他人の気分を逆撫《さかな》でするのが得意らしい。そろそろ慣れてきて、怒る気持ちも湧いてこない。

「ただ、同族として一つ忠告しておく。このホテルは危険だ。さっさとずらかることをお勧めする」

「危険？　メイドやボーイだらけのこのホテルが？」

マルルカ、バーシャ、アイン——無害代表者たちの顔が頭に浮かんで、ラヴィニアはつい鼻で笑ってしまう。だがカリーニンの表情は真剣そのものだ。

「俺も詳しくは知らないが、このホテルは大戦時の戦争犯罪者や禁忌魔術の遺物を今も隠しているらしい。一時は戦争孤児を大勢集めていたこともあるそうだ。一体、何に使ったのやら」

「じゃあ違法なものを見つけたら、すぐに通報するわね。ご忠告ありがとう」

心にもない礼を言うと、今度こそラヴィニアはその場から離れた。

連合軍とアルハイム公国の確執、そしてルードベルトの出生。

いずれもこのホテルを訪れる前から知っていたことだ。いや、知っていたからこそ、ラヴィニアはここに来た。

（危険、か）

カリーニンの言葉を頭の中で反復する。不穏な風が、ラヴィニアの足元を吹き抜けた。

冬のアルハイムは朝が遅い。加えてルームメイドの仕事ですっかり早起きが板についてしまって、翌日もまだ暗いうちに目が覚めた。

試しに布団をかぶりなおしてみるが、一つ仕事をやり残したような気分のせいで、どうにも眠りに入れない。原因はもちろん、サリーナの一件である。

(正直なところ、私はサリーナ様に共感しているのよね)

大臣は死の運命に翻弄《ほんろう》されず、正しい選択をすべきだと語っていた。だが彼の家族からしてみれば、死に抗《あらが》うことこそが最善の選択と言えるのではないだろうか？

それに大臣からはどこか、諦観《ていかん》のようなものが感じ取れた。死をそのまま迎え入れようとする彼の姿に、サリーナがもどかしさを抱くのも無理はない。

だがこの件について、ラヴィニアが口を出せることなど一つもない。結局のところ、サリーナとラヴィニアは、ただの客と従業員でしかないのだから。

(……そう言えば、一つ調べていなかったことがあったっけ)

未来視に登場したという、アルハイム産のワイン。ワインの銘柄など未来の特定に関係ないだろうと考えて、つい優先度を下にしてしまった。

始業時刻までまだ時間があるが、時間を持て余すのも性に合わない。ちょっと調べてみるかと思い立ち、ラヴィニアはベッドから起き上がる。そうして回廊を歩いていると、前方に佇《たたず》む黒い影が目に入った。

このホテルの総支配人、ルードベルトである。

(べつに、声をかける必要もないか)

昨日の件については、すでにシニア・コンシェルジュであるカルロから報告が上がっているはずだ。

そう考え、軽い会釈で挨拶《あいさつ》を済ませようとする。だが彼の横を通り過ぎようとしたところで、「失礼」と引き止めるように腕を掴《つか》まれた。

「な、なに」

反射的に振り払おうとするが、恭しくも有無を言わさぬ手つきで手首を引き寄せられる。近づけたラヴィニアの手の甲に視線を落として、ルードベルトはわずかに眉根《まゆね》を寄せた。

「怪我をしているようですが、もしかして昨日の騒ぎで?」

彼が見つめるのは、左手の甲に刻まれた擦り傷である。内出血も伴い見た目は痛々しいが、手を動かせぬような怪我ではない。

「武装した兵に囲まれたと、アインから報告を受けました。他にお怪我はありませんか」

「……これは、兵士たちから逃げようとした時に、自分で壁にぶつけただけ。気にしないで」

どっと噴き出した手汗がばれないように、素早く手を引っ込めた。この程度のことで動揺したと思われたくなくて、ぶっきらぼうに話題を変える。

「そんなことより。連合軍の奴ら、公国の領内でこれ見よがしに銃をちらつかせていたわよ。ちょっと舐《な》められすぎじゃないの」

「耳が痛い話ですね」

ルードベルトにしては珍しく、渋い声で答える。

我が物顔で、武器を構える連合軍兵士たち。あんな連中に領内をうろつかれては、悩みの種は尽きないだろう。

もちろん、連合軍がいるからこそ、この国に多くの旅行客が訪れるという側面はある。実際、西大陸で発行された観光案内本には『新市街は治安がよい』『連合軍の巡回があって安心』といった好意的な言葉が並んでいた。だが昨日の一件の後では、ラヴィニアも考えを改めざるをえない。

「銃器の威嚇的な使用は許さないと、連合軍には常々警告しているのですが……。やはり総督府のある新市街区域では、連合軍側も気が大きくなってしまうようです」

領主故の苦悩というものがあるようだ。ふと伏せられた横顔に、彼の苦労が垣間《かいま》見える。ナバルがカリーニンに敵意をむき出しにしていたのも、こうした背景があるからだろう。

「ところで。ずいぶんとお早いようですが、どうかされましたか」

「ああ、クレマンソーというワインについて調べようと思って。アルハイムのワインらしいのだけど、何か知っている？」

ぴく、とルードベルトの耳がかすかに動いた。いつもは月夜のように静かな光を湛《たた》える瞳《ひとみ》が、爛々《らんらん》と輝き出す。

「もちろん存じております」

やや前のめりになりながら、ルードベルトは語り出す。

「アルハイム西端の畑で造られるワインで、生産者のクラヴァス氏は大変なこだわりを持った醸造家です。特に彼が手掛ける赤ワインは深みのあるルビーレッドが美しく、ふくよかなすみれの香りを感じさせながらも土壌由来の力強い味わいが──」

そこで目の前にいるラヴィニアが、啞然《あぜん》としていることを察したようだ。ルードベルトは小さく咳払《せきばら》いして、いつもの落ち着きを取り戻した。

「失礼、喋《しゃべ》りすぎました。クレマンソーがどうかしたのですか」

「実は、サリーナ様が未来視でそのワインを視たそうで」

総支配人の饒舌《じょうぜつ》ぶりにはあえて触れず、ラヴィニアは話の流れをかいつまんで説明した。聞き終えたルードベルトは「ふむ」と考えこんだのち、妙案を思いついたかのように口の端を軽く上げる。

「せっかくなので、良い場所にご案内しましょう」

誘《いざな》われたのは本館二階のレストラン、〝アンブロワジー〟だった。

アンブロワジーは壁一面の硝子《ガラス》窓から海を一望できる、魔大陸でも指折りの宮廷料理レストランだ。朝はホテルの朝食会場ともなり、焼きたてのパンやフルーツサラダ、各種卵料理など、クラシカルな西方風の朝食を提供してくれる。

広い店内では、間もなく始まる朝食の時間に備え、ウェイターたちが各テーブルに食器やカトラリーを並べていた。

「こちらです」

彼が向かったのは、厨房《ちゅうぼう》へ繋《つな》がる職員用通路だ。今も通路の奥から、すまし顔のウェイターが柑橘《かんきつ》のペイストリーを運び出そうとしている。

サクサクのペイストリー生地の上に鎮座する、蜜《みつ》の光沢を帯びたオレンジ色の果実。蠱惑《こわく》的な光景に思わず視線を奪われていると、隣でルードベルトがくつくつと笑った。

「残念ですが、あちらは次の機会にご用意しましょう」

そう言いながら、彼は通路なかばの壁につけられたランプを捻《ひね》る。すると壁がゴトゴトと音を鳴らし、目の前に大きな穴が開かれた。その先には古い石階段が暗闇の中へと続いている。

「……隠し扉？」

「ええ。足元に気をつけて」

彼の背を追って、階段を下りてゆく。石の段を踏みしめて辿《たど》り着いたのは、同じく石材でできた巨大な地下倉庫だった。だがただの倉庫ではない。

壁一面に、硝子のボトルがびっしりと並んでいるのである。

「もしかして、これ全部ワインなの？」

「はい、全部です」

うなずくルードベルトは、どこか誇らしげである。

「ホテル開業時より、世界各地から集めたワインが収蔵されております。もともと地下《ちか》牢《ろう》だった場所を、祖父がワインセラーに改築しました」

血腥《ちなまぐさ》い現実がちらりと見えて、高揚していた気持ちがしゅんと萎《しぼ》む。それはあまり大きな声で言わない方がいいのではないだろうか。

とは言え壁一面にワインが並ぶ光景は圧巻だった。セラーの通路は遥《はる》か先まで続き、奥には樽《たる》を並べた部屋も見える。右へ左へと分岐する道もあって、その構造はさながら迷路のようでもあった。

「なんだ小僧。また酒をくすねに来たのか」

突然、背後からしわがれた声がする。

振り返った先に、小さな人影が立っていた。大きな鷲鼻《わしばな》が特徴的な、魔族の老人である。背中は曲がり、背丈は子供のようで――さらに視線を下に移したところで、ラヴィニアは絶句した。

「な――」

「メサ・オグマン！」

片やルードベルトは、老人の姿を認めるなり両手を広げて彼に歩み寄った。老人の隣に立つと、くるりとこちらを振り返る。

「ご紹介します。彼はワインセラーの管理人、オグマン。ことワインの知識とセンスにおいては、この城で彼の右に出る者はいません。オグマン、彼女はアシスタント・コンシェルジュのラヴィニアです」

「……ふん、人間か」

鼻をわざとらしく鳴らして、老人はそっぽを向く。ラヴィニアのことが、どうにも気に入らないらしい。

だが彼の非友好的な態度など、微塵《みじん》も気にならなかった。それよりも衝撃的な光景が、ラヴィニアの目に映し出されていたのである。

「あの。その方、体が透けていらっしゃるけど？」

老人の体はうっすらと輪郭がぼやけていた。足元にいたっては、背後の風景を完全に透過している。ふわふわと宙に浮く姿は明らかに重みを伴っておらず、彼が動くと冷気が漂った。

「ええ、オグマンは亡霊ですから」

当然だろうと言わんばかりの態度で返された。だがまったく当然ではない。

「亡霊って！　つまり死霊術の被術者ってこと⁉」

「おや。死霊術をご存知ですか」

「知っているもなにも、禁術中の禁術じゃない。これが連合軍側に知られたら、ホテル廃業じゃ済まなくなるわよ！」

大戦直後、人間側が真っ先に行ったのは危険な魔術の制限である。人体錬成や洗脳、呪い、人魂操作——そんな危険な魔術を野放しにしていては、またいつ魔族に反撃されるかわかったものではない。だから連合軍は多くの魔術の使用に制限をかけ、不正使用者には厳しい罰則を科すよう法を整備したのである。

だがルードベルトは「大丈夫ですよ」と、のほほんとした笑みを崩さない。

「死霊術が規制されたのは共和暦1505年。対して、オグマンが死霊化したのは確か……」

「1480年だ」

「そう、1480年。つまり彼は、死霊術が禁術となるより以前に生まれた亡霊なのです。よって法令には違反しておりません」

まさかの脱法亡霊である。しかもその亡霊にワインセラーの管理をさせていると聞いて、ラヴィニアはめまいがした。

どうして彼は亡霊になったのか、いやそもそもどうやってワインを管理しているのか——。

疑問は尽きないが、あれこれ聞き出す余力もない。ひとまずラヴィニアは考えることをやめた。昨日のカリーニンの警告を鼻で笑った事実も、忘れておくことにしよう。

「で、今日は何の用だ」

「彼女がクレマンソーの赤を探しておりまして。現物を確認したいのですが」

「ほう、クレマンソーか」

ずっとこちらを睨《にら》み上げていたオグマンの目が、わずかに和らいだ。ラヴィニアたちに背を向けると、ふよふよと宙を滑り出す。

「こちらだ。ついて来い」

オグマンが案内してくれたのは、瓶詰めのワインが積み上がる一角だった。「あれを」とオグマンが指差すボトルを、ルードベルトがひょいと取り上げる。

「ラヴィニアさん。こちらが、お客様が未来視で視たというワインです」

差し出されたボトルを、ラヴィニアは両手で慎重に受け取る。表面に貼りつけられたラベルには、確かに〝クレマンソー〟と書かれていた。

「なるほど。確かに紋章のデザインも一致しているわね」

実物を前にして、サリーナが視た未来に現実味が増していく。1603年のワインが彼女の手元に届くのは、どれだけ先のことなのだろう。

「ワインって、いつ頃新しいものが出回り始めるものなのかしら」

「それは生産者によります。秋に収穫したブドウは醸し、発酵という工程を経てワインとなりますが、多くの場合その後樽に詰めて、熟成という段階に移行します。更に樽熟成を終えたあと、瓶に詰めて寝かせる生産者もおりますので」

「そう、なの」

またも饒舌な語りを浴びせられた。平時は優美で摑《つか》みどころのないルードベルトだが、酒の話をする時だけは子供のような一面がちらと見える。

「じゃあ今年のクレマンソーがいつ売り出されるかもわからないのね。サリーナ様が今年のラベルのワインを視たとおっしゃっていたから、ご用意しようかと考えていたのだけれど」

むしろ、用意できなくてよかったのかもしれない。明日には祖国へ戻る彼女に、叶《かな》わぬ未来の一端を見せつけるなどあまりに残酷だ。この先彼女が未来視に左右されない人生を歩むためにも、このワインは隠したままでいる方がいいだろう。

「今年のラベル？」

物思いに耽《ふけ》るラヴィニアの顔を、ルードベルトが控え目に覗《のぞ》き込んだ。何か気になることでもあったのか、眉《まゆ》がにわかに寄せられている。

「３１０号室のお客様がご覧になったのは、本当に今年のクレマンソーなのですか？」

「ええ、そうだけど――」

何か問題でも？　と訊《たず》ねようとする。だが続く言葉を口にしかけたところで、慌ただしい足音がワインセラーに響き渡った。

「ルードベルト様！」

セラーの陰から、ナバルが顔を出す。いつになく慌てた顔で彼が叫んだ。

「大変です。３１０号室の客が、姿を消したそうです！」

連絡船から飛び降りるように下船すると、サリーナは一目散に駆け出した。

向かうは昨日訪ねたロランの家だ。彼はおそらく西大陸に行く。今日出航する西大陸行きの船に乗って、役者としての新たな日々を歩み始めるのだ。

——父の死を予感したのは、半年前の未来視がきっかけだった。

視えたのは、とても立派な葬儀の光景。参列するのは、誰もが顔を知る国の重鎮ばかりである。そして棺《ひつぎ》を取り囲むのは、悲しげに涙を流す叔父《おじ》やばあやや従兄弟《いとこ》たちだ。

彼らの容姿から察するに、これは二、三年後の未来なのだろう。

けれどもその中に、父の姿はなかった。ああ、つまりこの葬儀は——。

『未来視は、確定した未来を視せるものではない。無数の可能性を辿《たど》っていけば、私が死ぬ未来が視えることもあるだろう』

サリーナから未来視の内容を聞かされた父ダリムは、取り乱そうともしなかった。

『より良い未来は、より良い選択によって得られるものだ。そんな未来視《もの》に惑わされず、お前が歩むべき道を歩みなさい』

(どうしてわかってくださらないの)

父親が死に抗《あらが》おうともしない姿を見て、サリーナは絶望した。

恐ろしい未来を視たのなら、それを回避しようとするのはごく当たり前のことではないか。彼の方こそ〝より良い選択〟に囚《とら》われるあまり、未来に抗うことを放棄してしまっている。

だからロランとの未来が視えたと同時に、サリーナは屋敷を飛び出した。お父様がいる未来。素敵な人と結婚し、確実な幸せが待つ未来。あの未来を、何がなんでも実現してみせるのだ。

「ロランさん！　ロランさん！」

目的の家に辿り着くと、助けを求めるように扉を叩《たた》いた。

お願い、どうか出てきて。

祈るように念じるが、がちゃりと開いた扉の隙間に見えたのは、黒髪の少年——ロランの弟、リバルである。また泣いていたのか、今日も目の周りが赤い。

「あれ。お姉さん、昨日の……」

「ロランサン、ドコ!?」

片言で、半ば叫ぶように問いかけた。リバルの腫《は》れぼったい目が、驚きで見開かれる。

「……ゴメン、ナサイ」

焦るばかりに、礼節を欠いた真似をしてしまった。乱れた息を整え、サリーナは胸に手を置いた。

「私、ロランサンニ、言ウベキ、アル。ロランサン、イル？」

もどかしさを感じながら、思いを慣れぬ共通語に変換していく。

リバルは疑念を振り切れぬようだったが、それでも首を横に振ると港の方を指差した。

「兄ちゃんなら、さっき劇団の人と港に行ったよ」

港、と聞こえた。やはり彼は、西大陸へ行く決意をしたのだ。

「昨日、家族で話し合ったんだ。兄ちゃん、『やっぱり大きな舞台に挑戦したい』って言ってさ。父さんも母さんも『気にするな、行ってこい』って……」

洟《はな》をすすりながらも、彼の表情はどこか誇らしげだった。

「船の出発は昼前だから、急げば間に合うと思う。アルハイム港まで、連絡船で行くといいよ」

「アナタ、行カナイノ」

「母さんが調子悪そうでさ。父さんも仕事に行ったし……。それに俺が港に行ったら、兄ちゃん西大陸に行きにくくなっちゃう気がして」

だからお姉さん、兄ちゃんによろしくね、とリバルはいじらしく笑う。

後ろ髪が引かれる笑顔に胸の奥を痛めながら、サリーナは礼を言ってその場を離れようとした。

だがその時、家の奥からバリンと陶器が割れるような音が響いた。不意に聞こえた騒音に、サリーナもリバルもびくりと体を震わせる。

「母さん？」とリバルが不思議そうに振り返った。返事はない。だが数瞬ののち、「ぅう」と呻《うめ》き声が聞こえてくる。

「母さん！」

今度は悲鳴のように叫んで、リバルは家の中へと駆け戻った。

嫌な予感がする。サリーナは首を伸ばして、扉の隙間から中の様子を窺《うかが》った。やがて居間の奥に、腹を抱えてうずくまるリバルの母の姿を認める。

「母さん、どうしたの、母さん！」

「急に、お腹が……」

ふうぅ、とリバルの母は、痛みを吐き出すような呼吸を挟んで言葉を継ぐ。

「陣痛、かも。リバル、産婆《さんば》さんを呼んでくれる？」

「でも、予定はまだ先だって」

「こういうことも、あるの。さあ、お願い」

すでに彼女の額には、脂汗がびっしりと浮かんでいた。リバルは立ち上がろうとするも、おろおろとして母から離れられずにいる。

(どうしてこんな時に)

選択を迫るように、教会の鐘が打ち鳴らされた。

ホテルを出て、間もなく一時間が経過する。早く港に向かわなくては、彼を乗せた船が出港してしまう。

サリーナは地に張りついたように動かぬ足を、引き剝《は》がすようにして扉から離れた。

(私がここにいたって、何の助けにもならないもの)

リバルの母親は、子供を身籠《みご》るのもこれで三度目だと語っていた。ならば出産など手慣れたものだろう。何の知識も経験もないサリーナがいたところで、役に立つとは思えない。

それより父の命を優先しなければ。ロランと結ばれる未来に辿り着かなければ、父は亡くなってしまうかもしれないのだ。

（でも……）

足が、止まった。どうしてなのか、自分でもわからない。けれども抑え切れぬ衝動に突き動かされて、サリーナは再びリバルの家に踵《きびす》を返した。

「泣かないで！」

迷わず家に立ち入ると、リバルの背中をぽんと叩く。肩を震わせて、リバルは潤んだ瞳《ひとみ》をサリーナに向けた。

「お姉さん……」

「私がお母様のそばにいるわ。あなたは人を呼んできて！」

言いながら、リバルから預かるように母親の肩に手を回す。服が湿るほど汗ばんだ彼女の体を、渾身《こんしん》の力で支えてやる。

「大丈夫。きっと、素敵な赤ちゃんが生まれるわ」

サリーナの言葉はすべてサナビア語で、リバルに伝わるはずもなかった。

だが狼狽《ろうばい》で歪《ゆが》んだ彼の表情が、徐々に落ち着きを取り戻していく。ぎゅっと拳《こぶし》で涙を拭《ぬぐ》うと、リバルは駆け出した。

肩に乗せられた手に自分の手を重ねて、母親はわずかに目を細める。父の言葉を思い出しながら、サリーナはその手を握り返すのだった。

『サリーナ。お前が歩むべき道を歩みなさい』

「ありがとう……」

サリーナ失踪《しっそう》事件は、存外早くに終結した。

と言うのも、ナバルたちがロランの家を訪ねてみたところ、そこには産婆や近隣の女性に交じってロランの母の出産に付き添うサリーナの姿があったのである。

「ご心配をおかけして、申し訳ございませんでした」

そう言ってサリーナは、最後まで出産を見届けることなくホテルに戻った。連合軍の見張りが一人増え、ナバルの眉間《みけん》の皺《しわ》も一つ増えたものの、その後はサリーナに脱走の気配はなく、ホテル・アルハイムは穏やかに夜を迎えたのだった。

「カルロさん。付き合わせてしまってごめんなさい」

時計の針が八時過ぎを示した頃、給仕用ワゴンを押しながら、ラヴィニアは隣を歩くカルロを見上げた。とっくに自分の業務を終えているはずのカルロは、けろっとした顔で両肩を上げる。

「水臭いなぁ。可愛い弟子の大仕事なんだから、僕にもちょっとは手伝わせてよ」

さりげなく弟子と言われてしまった。だが確かに、コンシェルジュとしてはカルロが師匠であるのかもしれない。ならば弟子として、恥ずかしくない振る舞いを見せてやらなくては。

気合いを入れるとラヴィニアは足を止めた。目の前には310号室のプレートがかけられたオーク材のドア。さらにその両隣には、連合軍の兵士二人が立っている。

左右からの睨《にら》むような視線を受け流しながら、ラヴィニアはドアをノックした。

「入りたまえ」

室内では大臣とサリーナがテーブルを囲んでいた。ルームサービスで食事を頼んでいたらしい。大臣はすでに食事を終えているようだが、サリーナの皿にはサラダが手つかずのまま残っている。

「ラヴィニアさん……」

サリーナはラヴィニアの気配に気づいて瞳を動かすも、昨日の爛漫《らんまん》とした笑顔は見せてくれなかった。ただ気まずそうに、顔を逸《そ》らしただけである。

彼女が父親を助けたい一心で部屋を抜け出したことは知っている。それでも最終的に、目の前の人々に手を差し伸べてしまったことも。

だからこそ、彼女に伝えなければならないことがある。まだ、ラヴィニアの仕事は終わっていないのだ。

「君たちか。何か用かね」

「はい。実はダリム様に、お勧めしたいワインがございまして」

そう言ってラヴィニアは、ワゴンに載せたボトルを取り出した。彼女が手にしていたのは、サリーナが未来視で視たのと同じラベルのワインである。

「それは……！」

「クレマンソー１５８０年。アルハイム公国領内のワイナリーで生産されたワインとなります」

どうしてそれを、とサリーナの瞳が問いかけてくる。だがラヴィニアは、あえて彼女の疑問に答えなかった。

「ほう、アルハイム領内でもワインが造られているのか。それは知らなかった」

「畑が小さく流通量も少ないため、あまり知名度は高くないようです。ですがこちらのワイナリーには優秀な醸造家が在籍しており、香りも味わいも大変素晴らしいとワイン通の知人から聞いております」

ではいただこうかな、とダリムが声を弾ませる。そこでカルロがオープナーを取り出し、手慣れた身のこなしでコルクの開栓を始めた。彼曰《いわ》く、昔高級カフェでウェイターとして働いていた過去があるらしい。

「ところで、ダリム様はワインがどうやって造られるかご存知ですか」

何気なくラヴィニアが尋ねると、大臣は腕を組んで考え込んだ。

「ブドウを摘んで、それを潰《つぶ》して発酵させる――という答えでよいのかな？」

「その通りでございます。ですが発酵を終えたばかりのワインは、そのままでは酸味が強すぎるため、樽《たる》でおよそ一、二年の熟成期間を置く必要があります。この熟成によって酸味が和らぎ、より滑らかな舌触りや複雑な香りが生まれるのです」

ルードベルト受け売りの知識を、さも自分の知識のように披露する。これに大臣は、「ほおう」とひどく真剣な顔で相槌《あいづち》を打った。サリーナの素直な性格は、間違いなく父親由来のものだろう。

「ちなみに、本日ご用意したクレマンソーの醸造家は大変こだわりの強い造り手だそうでして。二年の樽熟成を終えたあと、さらにボトルに詰めた状態で十年から二十年ほど手元でワインを熟成させるそうです」

「……十年？」

静かに、けれどもかすかに声を震わせて、サリーナが復唱した。驚きで白んだ少女の顔に、ラヴィニアは深くうなずく。

『――クレマンソーの醸造家は、大変気の長い御仁でして。自分が納得のいく味に仕上がるまで、ワインを市場に卸してくれないのですよ』

サリーナの脱走事件が終息したあと、改めてルードベルトが教えてくれた。生産量が少ない上に、市場に出回る時期も醸造家次第。これがクレマンソーの知名度が低い原因だという。

『ワインのラベルに記載された年号は、〝使用したブドウが収穫された年〟となります。

つまり今年のワインが市場に出回るのは、秋から更に十二年以上後になりますね』

ならばサリーナが視た未来も、十二年以上先の光景ということになる。その頃、サリーナは三十前後の年齢となっているだろう。ならば、あの未来の夫はいったい何歳なのだろうか？

十二年以上先ということは、ロランも三十半ばを迎えているはず。しかし未来視に現れた夫は、二十半ばくらいの年齢だったとサリーナは言っていた。

そこから逆算すると、彼女の夫は現在十歳を迎えた程度の年齢であるわけで――。

「そ、そんな」

サリーナの唇が震える。

「じゃ、じゃあ。あの人は、ロランさんではなくて……」

「ほう！　これはこれは！」

大臣が突然、大きな声をあげた。見ればカルロが注いだワインを口にして、得心したように何度もうなずいている。

「なんと素晴らしい。滑らかで、香りがよくて……うむ。私には表現ができないな！」

「お気に召していただけて光栄です」

「アルハイムにこのようなワインがあったとはな。知らなかったよ」

サリーナのグラスにもワインが注がれた。室内灯を透かして輝く深紅の液体が、グラスをゆっくりと満たしていく。

「そうそう。サリーナ様が途中までお立ち会いになった出産ですが」

まるで今思い出したかのように、ラヴィニアはぽんと手を打つ。

「女性は無事、元気なお子さんを出産したそうですよ。双子の姉妹だったそうです」

だから予定よりもずっと早くに陣痛が来たのだろう。家族がいきなり二人も増えて、彼らの家はこれから賑《にぎ》やかになるに違いない。

「リバル君、とても感謝していたそうですよ。サリーナ様が励ましてくれたから、頑張ることができた。あのお姉さんは、妹たちの恩人だ――って」

「そう、ですか」

サリーナは表情を硬くしたままカクンとうなずいた。だがやがて、こわばる蕾《つぼみ》が花開くように、頬にほんのりと赤みがさす。

「た、助けになれたなら、よかったわ」

「良き選択は、良き未来を生む。お前の正しい行いが、彼らを幸せにしたんだよ」

事情を知らぬ大臣が、ほろ酔い気分で口を挟んだ。説教くさい父の言葉を噛《か》み締めるように、サリーナは目を細める。

「……はい。そうだとしたら、嬉《うれ》しいです」

「さあ、お前もこのワインを飲んでみなさい。なかなか味わえるものではないよ」

父に勧められるがまま、サリーナは目の前に置かれたワイングラスを手に取った。鼻先を近づけて香りを楽しみ――しかし口をつける前に、グラスを再びテーブルの上に戻してしまう。

「サリーナ？」

「このワインを飲むのは、やめておきます。未来がどうなるかは、まだわからないけれど……今、味を知ってしまったらもったいないもの」

言い切るとサリーナは、突然父親をじいっと見据える。

「きゅ、急にどうした」

「お父様、明日からお酒はほどほどにしてください。油っぽいお食事も控えて、お仕事では無理をしないようお願いします。運動も始めてみたらいかがですか」

「そうは言ってもだな」

「これも良き未来のためです！」

煮え切らぬ父に、サリーナは力強く言い放った。

「何が『覚悟はできている』ですか！　私の未来には、まだまだお父様がいてくださらないとだめなんです。私のためを思うなら、どうかできることだけでも努力してください。でないと私、今度こそ西大陸へ行きますから！」

「……う、うむ。そうだな、努力しよう」

急に気力を取り戻した娘を前にして、大臣は目を点にする。「約束ですよ」と念を押すと、サリーナはラヴィニアをまっすぐ見上げた。

「ラヴィニアさん、本当にありがとう。私、またホテル・アルハイムに来ます。今度はちゃんと、許可を取ってね」

「はい。またのお越しを、心よりお待ちしております」

ラヴィニアは微笑みを返す。二人は秘密の暗号をやりとりするかのように見つめ合い、最後にくすりと笑みを交わした。

これで、『未来の夫を探して欲しい』というサリーナの依頼は完了である。赤ワインに忍ばせたラヴィニアの意図に、サリーナも気づいていることだろう。

サリーナがどんな未来を歩むことになるのか、ラヴィニアにはわからない。だがサリーナが悩み抜いて選んだ道は、結果的に彼女が望む未来に繋《つな》がる一歩となった。大臣も娘の本気を前にしては、のんびり死を待つことなどできないだろう。

ふとカルロと視線が合った。ぱちんといつものウィンクを飛ばされる。

『お客様の悩みを解決していくと、時々パズルのピースを揃えたような達成感を味わえることがある』

ラヴィニアを勧誘する時、彼はそんなことを言っていた。聞いた当初は妙なことを、と思ったものだが、今ではその意味がわかってしまう。

確かにこの達成感は、やみつきになるかもしれない。


大仕事を終えたからと言って、翌日が休みになるわけではない。サリーナが帰国した翌日も、ラヴィニアは朝から晩まで働き通した。

メゾン・ラクシュの新作スカーフの確保に通訳ガイドの手配、大陸鉄道の時刻表確認と予約に記念日の花束の用意——。

正直なところ、「それくらい自分でやりなさいよ」と思うような案件が多々あるが、サリーナの一件以来この仕事にやり甲斐《がい》のようなものを見出《みいだ》してしまって、嫌とも思えぬ自分がいた。

(そう言えば……)

依頼された論文の翻訳を進めながら、ラヴィニアは昨日帰国したサリーナの言葉を思い出す。ホテルを発《た》つ直前、彼女はコンシェルジュ・デスクに立ち寄って、ラヴィニアにこっそりと秘密を打ち明けた。

『実はこのホテルに来てから、一つ未来を視たの』

それはホテルに宿泊した初日の夜。バルコニーから海を眺めていた時のことだという。

『銃声のような音が聞こえて、目の前で男の人が倒れたの。それだけの短い未来視だったけど、部屋からの光景と同じ、エルネシア湾とバルコニーが見えたわ。たぶんこの未来視は、ホテルの宿泊客が見たものよ』

残念ながら一瞬のことで、撃たれた人間の顔は記憶できなかったという。この話を伝えるべきか否か、サリーナは相当悩んだようだ。

『いつの未来かわからなかったし、誰かに話すことで実現に近づく未来もあるから。でも、ラヴィニアさんにはちゃんと話した方がいいと思って……』

（銃撃、ね）

ひとまずこの話はナバルとルードベルトに伝えたが、彼らは困った顔をしただけだった。確かにこの話だけでは、何の対策もできはしまい。

「よし、できた」

論文の考察部分を翻訳し終えると、すでに時刻は二十時を過ぎようとしていた。ロビーは昼とは空気を変えて、ピアノの演奏もしっとりとした曲調へと転じている。ラウンジでは客たちが食前酒を楽しみ、行き交う人々は煌《きら》びやかな装いに身を包んでいた。これから彼らは、夜会やディナーに赴くのだろう。

ラヴィニアに夜会の予定はないが、そろそろ夕食の時間である。食いっぱぐれる前に、職員食堂に行かなければ。

「しゅう」

書類をオフィスに戻したところで、壁からぬるりとゼトが現れた。そう言えば、いつの間にか手首から消えていたのだとラヴィニアは思い出す。

「ゼト。あなた、どこに行っていたの」

「しゅ、しゅ」

ゼトは尻尾《しっぽ》をラヴィニアの手首に巻きつけ、こっちへおいで、と言いたげに腕を引く。

「付いていけばいいの？」

「しゅ！」

恐ろしいことに、最近は会話が成り立つようになってしまった。ゼトはラヴィニアから体を離すと、客の目につかぬよう壁を伝って移動を始める。どこへ向かっているかもわからないまま、ラヴィニアはその後をゆっくり追った。

導かれたのは、西館ギャラリー手前の壁である。まさかと思いつつも試しに照明を捻《ひね》ってみると、やはり隠し階段が出現した。薄闇にオレンジ色のランプが灯《とも》る階段を下って行けば、やがていつぞやのワインセラーへと辿《たど》り着く。ただし先日とは異なり、ラヴィニアが下り立ったのは木製テーブルが並ぶ一角だった。

テーブルの上には、何やらご馳走《ちそう》が並んでいる。いったいこれから、何が始まるというのだろう。

「ああ、ラヴィニアさん」

そこに、ワインを抱えたルードベルトが樽《たる》の陰から姿を現した。その隣には、オグマンの姿もある。

「ルードベルト。もしかして、あなたが私を呼んだの？」

「はい、ちょっとした用がありまして。それと、お腹は空《す》いていらっしゃいますか」

「ええ、まあ」

「ちょうどよかった。料理長より、春の新メニューの意見が欲しいと頼まれているのです。西大陸人であるラヴィニアさんにもご協力いただきたいのですが」

そう言って彼は、テーブルを目線で示す。

野草で彩られたアスパラガスのソテーに、魚介とサフランのソースを絡めたホタテのポワレ。香草パン粉をまとったラム肉、春野菜のテリーヌ。

他にも数種類のパンやチーズも置かれ、卓上は晩餐会《ばんさんかい》さながらの華やぎを見せていた。

「……べつに、構わないけど」

とすげない態度で応《こた》えるあいだにも、お腹がぐぅと切なく鳴る。これほどの料理は、西大陸でもそうはお目にかかれないだろう。

「さらに本日は、こちらも開けます」

声にひときわ真剣味を含ませて、ルードベルトは慎重な手つきでワインボトルを卓上に置いた。ラベルに描かれたのは、かすれた〝クレマンソー〟の文字である。

「クレマンソー？　どうして急に」

「無性に飲みたくなったからです」

ごく個人的な理由からだった。よほど飲みたかったのか、高揚を抑えきれぬ様子でルードベルトはソムリエよろしく語り出す。

「本日開けるのはクレマンソーの１５６７年。前回お客様にお出ししたものより、少々年代が古いものとなります。この年は１５６０年代の中でも特にブドウの出来がよく、果実味豊かな香りをお楽しみいただけることでしょう」

紹介を終えると、ルードベルトは懐からオープナーを取り出し慎重な手つきでワインのコルクを外していった。その手捌《てさば》きは先日カルロが見せたものより熟練している。

「前々から思っていたけど、ワインが本当に好きなのね」

「アルコールは何でも好きですよ。祖父の影響で、それなりに嗜《たしな》んでおります」

「嗜むだと」

はにかみながらコルクを引き抜くルードベルトに、オグマンがフン、と鼻を鳴らした。

「お前も先代も、とんでもない酒道楽ではないか。子供の頃から隙あらば酒をくすねにきおって、ネズミよりもタチが悪いわい」

「一応、私はここの城主なのですが」

苦笑しつつ、ルードベルトはワインをデキャンタに移していく。無遠慮な酒守の発言に、気分を害する様子はない。むしろいつもの澄ました顔よりも、無邪気で楽しそうな表情をしていた。

「ルードベルト。あなた、どうしてオグマンさんには敬語なの」

以前より感じていた疑問を、そっと投げてみる。

アルハイム公国の領主とワインセラーの管理人（しかも幽霊）。本来ならば天と地ほどの身分差があるはずなのに、二人は対等——と言うより、ルードベルトがオグマンに敬意を払っているように見えた。それがラヴィニアの目には、ひどく奇怪に見えてならない。

だが答えるルードベルトの反応は、ひどくあっさりとしたものだった。

「オグマンは魔王の御代《みよ》より城に仕える名誉爵《メサ》ですから。たとえ臣下であっても、敬意を払うのは当然です」

「メサ？」

「魔帝国時代の称号です。世襲しない一代限りの称号……あなた方の文化で言うところの、名誉貴族に相当するものですね」

「──もともと儂《わし》は、十二代目魔王インケネス様の御代にお仕えしていた、地下食料庫の番人でな」

　待ち構えていたようにオグマンが口を開いた。

「だがある時、地鳴りで城の地下が崩落した。その日はちょうど陛下の御誕生日で、お楽しみいただくはずだった酒も地下に置いたままだった。儂はどうしてもそれを放っておけず……」

「と、取りに行ったの？」

「ああ。そして頭を潰《つぶ》され即死した」

　想像していたよりも、遥《はる》かに壮絶な死因である。

「どうしてそこまで。いいお酒なら、他にいくらでもあったでしょう」

「その酒は、死んだ友が手がけた最後の一本での。どうしても陛下にお召し上がりいただきたかったのだ」

　友。無愛想の塊のようなオグマンに、そんな存在がかつていたとは。命をかけて誰かのために死地を行く――なんて出来事は、これまでもこれからも、ラヴィニアの人生には起こるまい。

「幸いにも、酒だけは守り切ることができた。しかも、当時の魔王陛下にお仕えしていた魔術師が儂を不憫《ふびん》に思ってくれてな。『この酒は、あなたから陛下に贈るべきだ』と言って、儂を死霊として蘇《よみがえ》らせてくださったのだ」

そこは喜ぶべき場面だったのだろうか。だが当時を語るオグマンの顔は、どこか恍惚《こうこつ》としていた。

「陛下は大変お喜びになり、儂に名誉爵《メサ》の称号を与えてくださった。そして死後も酒の番人として、魔王にお仕えする栄誉をお許しくださったのだ。そして」

「今に至る、というわけです」

話が長くなりかけたところで、さりげなくルードベルトが話題を端折《はしょ》った。平時ならば、ここで百二十三年にわたる壮大なオグマンの霊生が語られ出すのだろう。

「ちなみに、その〝友人〟のワインがクレマンソーだったそうです。今のクレマンソーの醸造家は、ご友人のご子息でしたね」

「……息子？　でも、オグマンさんが亡くなったのは百年以上前のことでしょう。息子だと計算が」

「奴らは長命一族だからな。友も二百歳で亡くなった」

なるほど、だから熟成期間の長さに頓着《とんちゃく》しないのか――と、すんなり納得する自分にラヴィニアは驚いた。このホテルに勤めてはや一ヶ月。常識はずれな出来事が重なりすぎて、そろそろ価値観が慣らされてきたのかもしれない。

「さて。そろそろ飲みましょう」

ワインを三つのグラスに注ぐと、ルードベルトはそれぞれの前に置いた。高貴に澄んだ深紅色が、グラスの中で静かに揺れる。

「美味《うま》いな」

オグマンがうっとりとした声を上げた。見れば置かれたワインを前に腕を組んで、味わうように何度も深くうなずいている。まさか彼は、供えられたワインを味わうことができるのだろうか。

理解の及ばぬ光景にラヴィニアが視線を奪われていると、横からルードベルトがそっとグラスを掲げてきた。

「乾杯」

「か、乾杯」

グラスが互いに触れ合って、コン、と澄んだ音がセラーに響く。鼻先を近づけると、ふわりと華やかな香りが鼻腔《びこう》を満たした。一口含めば、柔らかくも濃厚な味わいが、舌に広がり喉《のど》に落ちる。

「いいワインでしょう」

ルードベルトがじっとこちらを見つめていた。「どうだ、すごいだろ」と子供がとっておきの宝物を披露するように、紫水晶色の瞳《ひとみ》が輝いている。

「そうね」とラヴィニアは素っ気ない感想を口にするも、なんだかワインに申し訳なくなってきて、最後に「……とっても」とつけ加えた。

卓上の食事も絶品だった。薄絹のようなパン粉をまとった子羊は柔らかく、テリーヌには野菜の甘みがぎっしりと詰まっている。口にしたご馳走《ちそう》をワインで流し込むうち、皿もグラスも綺麗《きれい》に空となっていた。

すでにルードベルトはにこにこしながら二本目のワインを開けようとしている。オグマンはその横で、ああしろこうしろと、口うるさくルードベルトに指示を出していた。

ラヴィニアはゼトにチーズを分け与えながら、空になったグラスの残り香をそっと嗅《か》ぎ取る。

（サリーナ様が口にするワインは、どんな味になるのかしら）

間もなく春が訪れる。ブドウの木々もそろそろ芽吹く頃だろう。そして葉をつけ、枝を伸ばし、花を咲かせ、秋にはふくよかな果実をぷっくりと実らせるのだ。

せいぜい美味《おい》しく育てばいいと、ラヴィニアは心より思った。

6　兄と暴露と別れの時

共和暦1603年、三月。

ホテル・アルハイムにはとうとう繁忙期が訪れようとしていた。全百室の客室は徐々に宿泊客で埋められて、比例するようにロビーも賑《にぎ》わいを増していく。

いまもフロント・デスクには宿泊手続きを待つ客人たちが列をなしており、ラウンジではボーイたちが注文の品々を忙《せわ》しなく運んでいた。

「まったく、こんなに騒がしくては集中できん」

コンシェルジュ・デスクに肘《ひじ》をついてぼやくのは、509号室の客人コバック氏である。

「申し訳ございません」と返しながら、ラヴィニアは書類の束を取り出した。

このところ氏は、ネタを求めて毎日のようにデスクを訪ねてくるようになった。執筆の拠点も自室からロビーラウンジへ移し、午前はホテルブレンドの紅茶、午後は熱々のホットショコラをちびちび啜《すす》りながら、お決まりの席で原稿に没頭するのが彼の日課だ。

ピアノの旋律が流れるなか、真剣な顔でペンを走らせる氏の姿は一流の文化人そのものである。そんな彼が女スパイの恋と冒険の物語を鋭意執筆中であることなど、誰にも想像できないだろう。

「では、こちらがご依頼いただいた資料の翻訳文となります。どうぞご確認ください」

「おお、早いな！」

〝砲兵の物理学〟〝ミセス・ドリスの恋愛基礎論③〟〝土中死体の死後変化検討〟――。食い合わせの悪そうな題名が並ぶ資料の束を、コバック氏は大事そうに受け取る。おそらくは執筆の参考資料なのだろう。

「助かった、また頼む」

礼を言うと、氏はチップを置いてラウンジへと戻って行った。ありがたく頂戴《ちょうだい》しながら、ラヴィニアは頭の中で帳簿をめくる。

アシスタント・コンシェルジュになってからと言うもの、受け取るチップの額は格段に増えていた。生活以外に金を使うこともないので、貯金額は日々最高額を更新している。この調子なら、あと一週間もしないうちに当初の目標額に到達することだろう。

そうすれば、この国を離れることができる。善良な市民のごとく、ちまちまと金を稼ぐ生活からも解放される。立ち止まった復讐《ふくしゅう》計画が、再び動き出すのだ。だが――。

『私、またホテル・アルハイムに来ます。今度はちゃんと、許可を取ってね』

あの夢見がちで人騒がせで、とびきり愛らしかった赤砂の客人。彼女が残していった言葉が、何故か袖《そで》を引くようにラヴィニアの心をかき乱した。

きっと彼女は、いつかこのホテルを再び訪れることになるだろう。だがその時、ラヴィニアはアルハイムにいない。

それを寂しいと思ってしまうのは、少々毒されすぎだろうか。

「失敬。お願いしたいことがあるのだが、こちらでよろしいかな」

話しかけられて、ふと我に返る。

気づけば前方に、身なりの良い紳士が立っていた。整えた髭《ひげ》と控え目な振る舞いから、いかにも育ちの良さが滲《にじ》み出ている。だがこうした施設には慣れていないのか、表情はかすかに緊張を帯びており、蒼《あお》い瞳は落ち着きなく周囲の様子を窺《うかが》っていた。

「フロントから、相談事はコンシェルジュとやらに持ちかけるよう言われてね。君がそうなのかな？」

話す共通語には、某地方特有の訛《なま》りがある。

地方産業で財を成した一族の跡取り息子、といったところだろうか。観光客には見えないし、商談のためにアルハイムまではるばるやって来たのかもしれない。

何にしても、用件を聞かなければ話は進まない。余計な推測を押しのけて、ラヴィニアはにこりと微笑んだ。

「はい。本日はどのような――」

「部屋がないって、どういうことよ！」

その時、きぃん、と空気を割るような金切り声がロビーに響いた。

喧騒《けんそう》に包まれていた空間は瞬時にして凍りつき、誰もが声の主を求めて視線をフロント・デスクへと巡らせる。

皆が見つめる先には、巻き髪の若い女が立っていた。女はフロントの前に立ち、顔を憤怒《ふんぬ》で真っ赤に染めていた。

「新婚旅行のために、この部屋を一ヶ月前から押さえていたのよ！　確認の電報だって、二度も送ったんだから。それなのに部屋に案内できないって、ふざけているの⁉」

どうやら希望の部屋でチェックインできず、激昂《げきこう》しているらしい。二度も確認をしてこの結果なら、怒って然《しか》るべき事態であろう。

だがここはホテル・アルハイムだ。城内でも選《よ》りすぐりのエリート揃いであるフロントマンたちが、そんな凡庸なミスを犯すものだろうか。

「大変申し訳ございません。ですが５０５号室は予期せぬ問題が発生し、現在使用不可となっております。とてもお客様をご案内できる状態ではないのです」

応対するフロントマンが、申し訳なさそうに胸に手を置いた。５０５号室、と聞いてラヴィニアも「ああなるほど」と納得する。

確かその部屋は、今日の朝に騒ぎとなっていた海側バルコニー付きのツインルームだ。なんでも前泊者が退室後、部屋が酷《ひど》く荒らされていたらしい。

宿泊していたのは、西大陸より旅行中の夫婦だった。今日までなんの問題行動もなかったのに、彼らは「ちょっと酔っ払っちゃって」と気恥ずかしそうに頭をかくと、部屋の修繕費をたんまり置いてそそくさとホテルを出てしまった。

しっかり弁償はしてもらったが、だからと言って部屋を即日綺麗にできるはずもない。

結局505号室は、使用不可リストに名前を連ねることになったのだった。

「ご希望に添えず、謝罪の言葉もございません。代わりに最上階のスイートをご用意いたしました。もちろん、追加の宿泊費をいただくことはございません」

フロントマンが代替案として用意したのは、破格の条件である。これには耳を澄ましていた野次馬たちが、一斉に反応した。

ホテル・アルハイムの最上階スイートは、寝室と浴室、それに広々とした居間と書斎を備えた、大変贅沢《ぜいたく》な造りの部屋である。バルコニーも505号室の数倍の広さはあり、晴れた暖かい日にはテーブルを出して食事やお茶を楽しむことも可能だ。

ただそのぶん宿泊費も膨大で、一泊だけでもラヴィニアの収入半年分を軽く吹き飛ばすくらいかかると聞く。そんな部屋にツインルームの価格で宿泊できるなんて、とんでもない幸運としか言いようがない。

だが提案された女の顔が、少しも綻《ほころ》ぶことはなかった。それどころか、怒りの様相はますます深まるばかりである。

「最上階スイート？　私は505号室がいいの。なんとかして！」

なんてこったい、とロビーにいる誰もが思ったに違いない。

せっかくの幸運を、こうもあっさり蹴《け》ってしまうとは。案内するフロントマンも、外れそうな顎《あご》を必死に食い止めている様子だった。

「お客様。最上階スイートは、当ホテルでも選りすぐりのお部屋でございまして……」

「私、高いところが苦手なの」

つんとそっぽを向いて、女は語る。

「でも二日後の艦隊パレードはしっかり観たいから、なんとか妥協できる五階の部屋をお願いしたのよ。八階なんて怖くてバルコニーに出られないわ」

五階でも結構な高さがあるはずだが、最上階《八階》がだめとはどういう判断基準だろう。しかし女に譲る気はないようで、それきりむっつり口をつぐんでしまう。

「なら私の部屋と、交換するかい？」

野次馬の一人が、とうとう騒動に参戦した。

彼は５１２号室に宿泊中のブラノール氏だ。非常に気さくな人物で、他の宿泊客たちと交流する姿をよく見かける。過去にはうっかりコバック氏に絡んでしまい、従業員たちを冷や冷やさせたこともあった。

「私の部屋は、５１２号室のジュニア・スイートなんだがね。最上階に泊まれるなら、いくらでも部屋をお譲りするさ！」

ブラノール氏の冗談めいた発言には、窘《たしな》めるような響きも含まれていた。

お嬢さん、ホテル側はできる限りのことをしてくれているよ。ここは妥協したらどうかね――。

だがこの状況に至っても女は揺るがなかった。なんとブラノール氏の提案にも、頑として首を横に振ったのである。

「だから、私は505号室がいいと言っているでしょう。口を出さないでくださる」

こう言われては、外野にできることなど何もなくなってしまう。ブラノール氏はお手上げだ、と言わんばかりに両肩をすくめてその場から退散した。

やがてフロントオフィスの扉が開き、フロントマネージャーを先頭に、中からぞろぞろと黒服の従業員たちが現れた。彼らは女に折り目正しく一礼すると、彼女を別室へと導いて行く。これから宿泊する部屋について、交渉が始まるのだろう。

女がいなくなると、再びロビーに静けさが戻った。ことの成り行きを見守っていた人々は、何事もなかったかのようにお喋《しゃべ》りを再開し、元の喧騒が潮のように戻ってゆく。

「ホテルの皆さんも大変ですな」

髭の紳士が、気の毒そうに漏らした。つい騒動に気を取られていたラヴィニアは、焦りを隠して紳士に向き直る。

「お気遣いありがとうございます。ところで、ご用件をお聞かせ願えますか」

「…………」

紳士はすぐには答えなかった。何か思案するように耳元をかくと、デスクから体を離してしまう。

「いや、やっぱりやめておくよ。また次の機会にお願いしよう」

「承知いたしました。いつでもお声がけください」

何か気分を害することでもしてしまっただろうか。そっと紳士の顔色を窺うが、そこに不満や不快の感情は見えない。それどころか満面の笑みすら浮かべて、紳士は小さく手を振るのだった。

「またお声がけするよ。必ずね」

結局505号室希望の女との交渉は、ホテル側が大きく譲歩する形に落ち着いた。

ひとまず彼女には別の部屋にご宿泊いただき、パレード当日までには505号室を用意する――というのが、職員たちに言い渡された最終的な方針である。客とホテル双方の事情を組み込んだ、妥当な措置と言えるだろう。

「だけど、それで割を食うのって私たち下っ端なんだよねぇ」

従業員用昇降機に乗り込みながら、クイナが不満たっぷりに口を曲げた。彼女が手にしているのは、バーシャ特製の染み抜き洗剤である。いつもは黙々と仕事をこなすシーリンも、珍しくクイナに賛同を示した。

「本当に。清掃部門の負担が大きくなるぶん、せめて他部門の従業員を何人か手伝いに寄越《よこ》すのが筋ってものでしょうに」

「まあまあ。怒らない怒らない」

刺々《とげとげ》しい空気を和らげるのはマルルカである。彼女は相棒の箒《ほうき》をくるりと回転させながら、ラヴィニアを振り返った。

「代わりに、ラヴィニアが臨時で手伝いに入ってくれたんだから。もう、急にカルロさんにラヴィニアを取られちゃって、寂しかったんだよ！」

「その節は、ろくに挨拶《あいさつ》もできなくて悪かったわね」

久々のメイド服に身を包んだラヴィニアは、苦笑まじりに謝罪する。やがて昇降機は、五階の表示で停止した。

505号室を復旧させるにあたり、まず駆り出されることになったのがマルルカたちルームメイドである。そこにラヴィニアが清掃の手伝いとして立候補したのが、三十分ほど前のことだった。

（本音を言うと、ちょっと興味があったのよね）

この部屋には何度か清掃に入ったことがあるが、特に際立った特徴などなかったと記憶している。それなのに、例の女はどうして505号室にこだわったのだろう。

一度考えだしたらどうしても気になってしまい、中を確かめるべくラヴィニアはマルルカたちに合流したのだった。

清々《すがすが》しいほどの野次馬根性であるが、仕方あるまい。この気質を評価されて、ラヴィニアはコンシェルジュに抜擢《ばってき》されたのだ。

「うわあ、何これ」

クィナが悲鳴のような声をあげる。扉を開けた先には、惨憺《さんたん》たる光景が広がっていた。あらゆる家具が位置を変え、椅子もテーブルも本来の役目を忘れたかのように上下逆さに転がっている。カーテンはずたずたに切り裂かれ、ベッドの上には羽毛が舞い散っていた。

さらに最悪なのは、壁や床にぶちまけられたワインである。まるで血飛沫《ちしぶき》のような染みは浴室まで点々と続いており、中を覗《のぞ》けばちょっとした事件現場のような光景が広がっていた。当然ながら室内はアルコールのにおいで満たされて、余計にラヴィニアたちの心を削った。

「ここまでひどいと、かえってやることは少ないかもね」

素早く仕事人の顔に切り替わると、マルルカは室内全体を見て回った。特に染みのひどい一角を確認して、渋い顔で首を横に振る。

「壁紙の一部は、技術部門に張り替えてもらった方がよさそう。交換が必要なものを一覧化して、主任に伝えなくちゃ」

マルルカの的確な指示によって、混沌《こんとん》とした部屋の状況に光明が見えてきた。皆で家具を戻し、憐《あわ》れなカーテンとリネン類も運び出して、やっと掃除に取り掛かる。

ひとまず浴室はクィナとシーリンが、寝室と物品の手配はラヴィニアとマルルカが担当することになった。

「この部屋に宿泊していた夫婦は、どうしてこんなことをしたのかしら」

ワインボトルを拾いながら、ついつい疑念が声となる。カーペットの染み抜きに取り掛かっていたマルルカは、手を動かしたまま「うーん」と考えこんだ。

「夫婦揃って酒癖が悪くて、暴れちゃったんじゃないかな？　本人たちもそう言っていたわけだし」

「そのワインのほとんどが、外にぶちまけられているのに？」

「ああ、確かに」

まさに自分が落とそうとしているワインの染みを、マルルカはまじまじと見た。あちこちを汚す赤黒い染みは、すべて集めたならワイン二本分ほどの量になることだろう。転がっているボトルも、ちょうど二本である。

「そもそも酒癖の悪い人が暴れたら、悲鳴や怒声が聞こえるものでしょう。けれど夜間、505号室にそうした騒ぎはなかったはず」

何かあれば、番犬のごときけたたましさで509号室のコバック氏が飛んでくるに違いない。彼に気取られず音を抑えて暴れるなんて芸当が、酔っ払いにできるとは思えなかった。

そこまで聞いたマルルカは、混乱しきった面持ちで顔を小さく横に傾ける。

「それってつまり、どういうこと？」

「見て見て、大変！」

そこに突然、クイナが浴室から飛び出てきた。ラヴィニアとマルルカの間をひゅんと通り過ぎると、べたりと窓に体を張りつかせる。

「ほら、あそこ！」

言われるがままそちらを見やると、ホテル向こうの海岸広場で小ぶりの気球が浮かびつつあった。気球はゆっくりと上昇し、ホテル六階程度の高さでぴたりと動きを止める。

「あれ、何？」

「パレードの時に浮かぶ気球だよ。いま、試験飛行をしているみたい」

「……もしかして、〝大変〟って気球のこと？」

「うん、そうだけど。浴室の小窓から見えたんだ」

クイナにとっては、気球は大事件の一つらしい。彼女はうっとりとした顔で嘆息した。

「艦隊パレードってすごいんだよ。当日は立派な船が連なって、エルネシア湾をゆっくりと横断していくの。音楽隊のラッパが響くなか、気球からは紙吹雪が雪みたいに舞い散って、本当に綺麗《きれい》なんだから」

「それで翌日地面がゴミだらけになって、私たちまで掃除に駆り出されるのよね」

後から来たシーリンが、クイナの耳をぐいっと引っ張る。「いだぁ」と悲鳴を上げて、クイナは振り返った。

「ちょっと、何するの」

「マルルカの前で堂々とサボっているんじゃないわよ。気球なら当日いくらでも見られるんだから、さっさと仕事に戻りなさい」

隙のない小言を浴びせられ、クイナは渋々と浴室へ戻っていく。微笑ましい少女二人のやりとりに和みつつも、ラヴィニアは気まずい思いを禁じ得なかった。

連合軍の艦隊パレードは、アルハイム公国に連合軍総督府が設置された記念として始まった行事である。

『アルハイムの国民たちとの友好を願って、煌《きら》びやかな行進を披露する』というのがパレード発祥の建前だが、実際のところは少し違った。

最新鋭の艦隊に幾千と並ぶ砲台の数々。屈強な兵士たちが携えるのは、毎分二十発もの弾頭を放つ高性能ライフル――。

司令官のきまぐれ次第で、いつでも都市を焦土にできる圧倒的な軍勢。それがかつての首都であるアルハイム公国の中央を華々しく通過することで、魔族たちに武力の差を知らしめる。それこそが、艦隊パレードの真の目的なのだ。

特に終戦直後は、各所に反連合軍の活動家が多く潜伏していたという。彼らを牽制《けんせい》し、優位な国際関係を築くため、人間側にも様々な演出が必要だったのだろう。

(でも、それも徒労だったのかもね)

終戦から九十八年。今やアルハイム公国は世界屈指の貿易都市となり、世界中から人と物が集まるようになった。人魔を隔てる差別意識も徐々に薄まり、最近では人と魔族の婚姻も増加していると聞く。

おまけに、旧魔帝国最大の象徴たる魔王の末裔《まつえい》が、城をホテルにして人間たちをもてしている始末。これでは人間への差別意識など育ちようもなく、"嫌味な人間"の手本のようなラヴィニアですら、簡単にこの国に馴染《なじ》めてしまった。

それなのに、わざわざ毎年パレードを続けたところで人間側に得られるものなどそうあるまい。むしろ、うっかりこの時期に行事を開始してしまったがために、連合軍の兵士たちは毎年寒空の下でパレードを強いられる羽目となった。暦《こよみ》はもう春と言えど、まだ空気には研《と》いだような冷たさが残っている。海風吹き荒《すさ》ぶ中の行進は苦行以外の何物でもないだろう。

「よし、染み抜き完了」

マルルカが額の汗を拭《ぬぐ》って立ち上がった。カーペットに広がっていた染みは、きれいさっぱり消え失《う》せている。

頼れるルームメイドは剣のように箒を構えると、ラヴィニアにたくましい笑みを向けるのだった。

「じゃあ、次はゴミを片づけようか」


翌日の朝。ラヴィニアがオフィスに入ると、中でカルロが身支度をしていた。その顔は眠たげで、おまけに髪が乱れている。

「おはよう、ラヴィニアちゃん」

「おはようございます。朝帰りですか」

「違うよ。新市街のパレード会場へ下見に行ってきたんだよ」

髪を櫛《くし》で整えながら、ムッとして返される。

例年パレードの際には、賓客を招くための会場がエルネシア湾を挟んで向かい側の、新市街沿岸部に設置されるという。当日は会場にずらりとお偉方を座らせて、連合軍総司令の演説、有名歌手による歌唱、楽曲隊の演奏など、数時間にわたる式典が開催されるわけだ。

「ベルデン夫人から『式典に参加するから当日の気温を教えてほしい』と言われてね。だから会場に確認に行ったんだ」

「気温を聞かれただけなのに？」

チッチッ、とカルロは人差し指を横に振る。

「夫人が知りたいのは、正確な気温じゃなくて『会場がどれだけ冷え込むか』だよ。実際、会場は海風が強くて、ご高齢の夫人にはちょっときつそうだったなあ。しっかりしたコートをお持ちだといいんだけど」

「……なるほど」

口調は軽いのだが、その気の回し方には時折敬服してしまう。

『お客様が何を求めているか察する力』

カルロのそれは、ラヴィニアとは段違いだ。彼の姿を見て朝帰りと断じてしまったことに、ラヴィニアはこっそり後ろめたさを呑《の》み込んだ。

「夫人、去年旦那《だんな》さんを亡くされてかなりお痩《や》せになったんだよね。細身なのもお美しいが、あれでは風邪をひかれてしまうよ」

だがその尊敬も、長くは続かない。

「カルロさん、七十代の女性も守備範囲なんですか」

「犯罪にならない年齢の女性はみんな好きだよ」

「なるほど、尊敬します」

心にもない台詞《せりふ》を吐きながら、ラヴィニアはオフィスを出る。すっかりいつもの伊達《だて》姿となったカルロも、その後に続いた。

「ちなみに、式典には毎年総支配人も参加するんだけどね。去年は総支配人が壇上に上がった翌日、ホテルの売り上げがいつもの50%上昇して――」

カルロの無駄話を聞き流しながら、コンシェルジュ・デスクに立とうとする。それと同時に、デスクの前を505号室の女が正面扉の方向へ駆け抜けていった。

「クリストフ様！」

忘れられないその名に、ラヴィニアの耳がぴくりと反応した。

まさか。そんなはずがない。きっとただ、同じ名前なだけ。そう思うのに、心臓がどくどくと収縮して、全身から汗がじわりと滲《にじ》んだ。

「アンナ、待たせてすまない」

「もう、ずっとずっと寂しかったんですから」

扉より現れ出た青年の胸に、女が顔を埋《うず》めた。青年は女の体を抱き寄せると、額に優しく唇を落とす。衆目を憚《はばか》らぬ恋人たちの振る舞いに、カルロがヒュウと口笛を吹いた。

「わお。お熱いねぇ」

だがそれに相槌《あいづち》を打つ余裕など、ラヴィニアにはなかった。

（どうして、彼が）

亜麻色の髪に、ほっそりとした女性的な顔立ち。困ったように眉《まゆ》を下げながら、口端を上げる独特の笑い方。

何もかもが、彼だった。ほんの数ヶ月前、ラヴィニアの人生をどん底におとした元凶の一人。

「クリス様、お仕事続きでお疲れでしょう。さっ、早くお部屋で休まなきゃ」

「こらこら、引っ張るなって。先にフロントで受付しないといけないだろう」

子供のように腕を引く女に、クリストフは愛《いと》おしげな視線を向けた。そのまま彼は糸で引き上げられるように視線を上げ——ばちり、とラヴィニアと視線が重なり合う。

時が止まったかのように思われた。

クリストフは頰をさっと白くして、少女のような瞳《ひとみ》を大きく見開いた。優しげな表情は消え失《う》せて、かわりに嫌悪と恐怖がくっきりと影を作る。

「——お前は」

先刻とは打って変わって低い声で、クリストフはラヴィニアに呼びかける。

ただならぬその響きに、隣のカルロが息を呑《の》んだ。

「ラヴィニア・バースタイン！　どうしてお前がここにいる!?」


「だから、何故あの女がここにいる！　あの女は僕の妻を――アンナを殺そうとした極悪人なんだぞ！」

「お客様が彼女と過去に諍《いさか》いがあった件については、当人より聞き及んでおります。しかし彼女が当ホテルで勤務しておりますのも、お客様が当ホテルにお越しになりましたのもまったくの偶然でございまして」

「そんなわけあるか！　あなた方を疑うとは言わないが、あの女が何の企《たくら》みもなしにこのホテルに潜り込むはずがない。いますぐ連合軍に引き渡して尋問させろ！」

「しかし、我々従業員一同ですら、今日に至るまで〝クリストフ・ハーベイ〟様がご宿泊になることを存じ上げませんでした。予約は奥様のお名前でお取りになっていましたし、奥様にお書きいただいた書類には〝クラトフ・ハーベイ〟と……」

「だ、だって。あたし、読み書きをちゃんと習ったことがなくて。それでもクリストフ様に見合う女になるために、頑張って勉強したのにっ」

「ああ、泣かないでくれアンナ。君は何も悪くないよ」

地獄のような会話が、応接室から漏れ聞こえてくる。怒れるクリストフと泣き喚《わめ》く〝アンナ〟ことマリアンナ・ハーベイ。そんな二人を宥《なだ》めすかす副総支配人の声からは、疲労と哀愁の響きがはっきりと聞いて取れた。

扉の前に立つだけでも頭の血管が数本捩《ね》じ切れそうで、ラヴィニアはこめかみに手を当てる。

「ラヴィニアちゃん。とりあえず、オフィスに戻ろう」

いつになく真剣な顔で、カルロがラヴィニアの背中を押した。

「今日は総支配人が不在だ。この状態で揉《も》めると話がややこしくなってしまう。こっちの潔白ははっきりしているんだから、落ち着いていれば問題ないよ」

「……いえ」

ラヴィニアは深く息を吐いた。

人生はいつだって予想外の連続だ。王子に婚約破棄され、悪役令嬢という名のおもちゃにされ、父に裏切られ、ルードベルトに振られて、ルームメイドになって、それがまさかのコンシェルジュになって。

そしてようやく生活が軌道に乗りかけたところで、また元婚約者と遭遇することになるなんて。神が存在するならば、よほどラヴィニアのことが嫌いにちがいない。

だが時期としては悪くない。この辺りが、潮時だったのだ。

「失礼します」

「え、ちょっと待った、ラヴィニアちゃー——」

カルロの声を振り切って、ノックもなしに応接室へと踏み込んだ。

驚き振り返る副総支配人と、クリストフ夫妻。それぞれの驚愕の視線が、ラヴィニアに注がれる。

「ラヴィニア！」

「ご無沙汰《ぶさた》しております、クリストフ殿下。まさかこんな場所でお会いすることになるとは、夢にも思いませんでしたわ」

「何を言うか、白々しい」

ラヴィニアを睨《にら》み据えながら、クリストフは隣のマリアンナを守るように抱き寄せた。

その女、うちの実家の仕込みですよと言ってやりたいところであったが、一つため息をつくことでなんとかラヴィニアは持ち堪《こた》えた。

証拠もないのにあれこれ言い募ったところで、クリストフの反感を余計に刺激するだけだろう。喧嘩《けんか》上等ではあるが、ホテルの面々に迷惑をかけるのは本意ではない。

「信じられないかとは思いますが、私がこのホテルにいるのは、本当に偶然です。一ヶ月半ほど前からこちらに勤めておりますが、クリストフ様がホテル・アルハイムへのご宿泊をお決めになったのはいつ頃ですか？」

「それは」と、クリストフは隣のマリアンナの顔を覗《のぞ》き見た。

「一ヶ月と、少し前だ。彼女が新婚旅行をしたいと……」

「ではこれで話は終わりですね」

「待て！」

　さっさと話を切り上げようとするラヴィニアを、クリストフは鋭く呼び止める。先刻の勢いは失われたものの、いまだ敵意は衰えていないようだった。

「お前がどこで何をしようが、もはや興味はない。だがお前は、あらゆる悪事に手を染めながら、何の清算もせず国から逃げ出した！　そんな犯罪者同然の人間と同じ場所に寝泊まりするなど、僕にはとうていできない！」

「では、どうされますか」

「……宿泊場所を、移そう。今すぐ手配をしてくれ」

「いや！」

　突然マリアンナが声を挟んだ。もう一度「いやです、クリストフ様」と駄々をこねるように言って、夫の体に縋《すが》りつく。

「せっかくの新婚旅行なのに！　この人のために、どうして私たちが出ていかねばならないのですか。パ、パレードだって、見たいのに」

「でもな、マリアンナ。ここにいては、この女が君に何をするかわからないだろう」

「ならこの人を追い出せばいいではないですか。そうすれば、みんな安心できます」

　容赦のない提案が繰り出された。聞いていた副総支配人どころか、クリストフまでもが「いや、それは」と戸惑いを隠せない。

「出て行けと言っても、この女が言う通りにするはずがないだろう。今の僕にはなんの権力もないし」

「承知いたしました」

だがクリストフの予想を砕くように、ラヴィニアはうなずいた。驚く面々の視線を横にあしらって、右手を腰元に置く。

「ご要望通り、明朝までに私がこのホテルから出て行きましょう。その代わり、これ以上騒ぎを大きくしないこと。またここで私と出会ったことを他言しないと、お約束していただけますか」

「ラヴィニアちゃん。総支配人もいらっしゃらないのに、何を言っているんだい！」

背後で沈黙を保っていたカルロが、とうとう堪《こら》えきれずに声を上げた。ラヴィニアは彼の方へ振り返ると、片方の口角だけを軽く持ち上げる。

「もともと、長居するつもりはなかったんです」

この地には復讐《ふくしゅう》のために来た。ホテルに勤めることになったのは、間抜けな誤算が重なったためにすぎない。

なにより、秘密にしていた悪役令嬢ラヴィニアの素性が、とうとうホテル中に知れ渡ってしまったのだ。たとえクリストフたちがラヴィニアに温情をかけようと、この場所に居続けることはできないだろう。

「急な退職となってしまってごめんなさい。短い間でしたが、大変お世話になりました」

クリストフたちとの一件のあと、ラヴィニアはオフィスの私物を回収した。賑《にぎ》やかなロビーの横をすり抜けて、自室へと足を進める。昼間の職員寮は、夜にも増して静かだった。今頃ほかの従業員たちは、忙《せわ》しなく働いていることだろう。

このホテルには長居しすぎた。離れがたくなる前に、辞める理由ができてよかったのかもしれない。

そう前向きに考えながら廊下の角を曲がると、通路でバーシャと鉢合わせした。彼女はずれた眼鏡を気まずそうに元の位置に戻しながら、ぶっきらぼうに口を開く。

「ま、いずれこうなることはわかっていたさね」

バーシャらしい、率直な意見だった。「でも」と付け加え、彼女はさらに言葉を連ねる。

「このホテルには、世界中からお客様が集まってくる。過去には親を殺された男とその仇《かたき》が、うっかり出くわすなんて事件が起こったくらいさ。それに比べりゃあんたが抱える問題なんて、大したことでも何でもないね」

「もしかして、慰めてくださっているのですか」

「はあ？　調子に乗るんじゃないよ、小娘が」

いつものようにぎろりと睨まれる。一ヶ月半かけて、やっとこの老婦人との付き合い方がわかってきたかもしれない。

「ただまあ、あんたはそれなりに働いてくれた。だから、役立たずと言ったことは謝っておくよ」

「バーシャ、さん」

「じゃあ、達者でね」

バーシャは逃げるようにその場を立ち去ろうとする。ラヴィニアはその背中を、すかさず呼び止めた。

「バーシャさん。どうしてあんなに、私のことを嫌っていたんです」

どうせ最後になるなら、気になることははっきりさせておきたかった。感情が見えるというだけでは、説明のつかぬバーシャの敵意。その理由がずっと気になっていたのだ。

「……妬《や》いていたんだよ。マルルカが、あんたを連れてきたから」

しばらくの沈黙のあと、バーシャは背を向けたままそう言った。

「マルルカが？　それはどういう」

意味ですか、とラヴィニアが口にするより先に、彼女はそそくさとその場から立ち去ってしまう。

結局、謎は深まるばかりだった。けれども、かつてないほどバーシャの本音に触れた手応《てごた》えがある。それだけでも大きな収穫だと思うことにして、ラヴィニアも再び歩き出した。

自室に辿《たど》り着くと、はじめに荷物をまとめた。痕跡《こんせき》を残さぬよう、部屋も隅々まで掃除をする。元より物の少ない部屋の掃除は、あっという間に終わってしまった。

殺風景な部屋の中心で、ラヴィニアはぼんやりと窓の外に目をむける。

「しゅう」

ゼトが何かを咥《くわ》えて寄ってきた。「忘れ物だよ」と言わんばかりに渡されたのは、かつてクイナから贈られたハンドクリームの容器である。なんとなく、使い終わったあとも洗面台の横に置いておいたのだ。

「それ、ゴミだから。持っていく必要ないわ」

「しゅ！」

「違うって。べつに、大切に保管していたわけじゃないの」

ゼトをトランクから遠ざけようとするが、生意気にもゼトはラヴィニアのトランクに容器をぽいと放り込んだ。

「こら」とラヴィニアは容器を戻そうとするが、そこで背後から声をかけられる。

「よかった。元気そうだね」

反射的に、ラヴィニアは振り返った。部屋の中にはラヴィニアとゼトしかいないはず。

それなのに、何故男の声がするのか。

「あなたは……」

閉じられた扉の横に、男の影が立っていた。昨日、コンシェルジュ・デスクを訪ねてきた身なりの良い紳士である。名前は確か、クラリッジ氏だったか。

「やあ、ラヴィニア。会いにきたよ」

氏は気安くラヴィニアに微笑むと、一歩近づいてきた。ラヴィニアはゼトとトランクを抱え込むようにして、素早く紳士から距離を取る。

「クラリッジ様、どうしてこちらに。こちらは職員寮で、この部屋は私の」

「おやおや。まだ気づかないのかい」

落胆の声が被《かぶ》せられる。試すような物言いに、胸の奥がちくりと疼《うず》いた。

「どういう、ことですか」

「君はなまじ頭の回転が速いぶん、すぐ目の前の事象を分析する癖がある。そのせいで、いつも僕の誘導に引っかかってしまうんだ」

紳士は教師のような口ぶりで、自分の胸を指で差す。その口ぶりと仕草に、ラヴィニアは「まさか」と声を漏らす。

「派手ではないが身なりが良く、いかにも上流階級の出身。しかしよく見れば挙動はどれも不安げで、旅慣れていない印象を受ける。さらに喋《しゃべ》る言葉が東部訛《なま》りの共通語であることから、彼は最近親の仕事を継いだばかりの、地方の裕福な跡取り息子ではないか――なんて、僕のことを分析したのではないかな」

まるでラヴィニアの思考を読み上げるように語りながら、紳士は自分の鼻を右手でつまんだ。強くつままれた鼻は粘土のように形を歪《ゆが》ませ、そのままぽろりと崩れ落ちる。

「そん、な――」

「君が気づくかと思って、わざわざ〝耳〟の見える格好にしたのに。耳は形を偽装しにくく、変装を見破るのに有用だと、昔教えてあげただろう」

つけ髭《ひげ》も外し、かつらも取り去って、ようやくあらわとなったのは、甘やかな顔立ちの美青年である。

青年は気怠《けだる》げに深紅の髪をかきあげると、ラヴィニアに満面の笑みを向けた。

「久しぶり、ラヴィニア。お前の兄様が迎えに来たよ」

ホテル・アルハイムには、〝名前つき《ネームド》〟と呼ばれるスイートルームがいくつか存在する。そのうちの一つ、初代アルハイム公の名を冠した〝ザカリエル・スイート〟の副寝室で、ラヴィニアは重い瞼《まぶた》をこじ開けた。

「……ん」

眠る間に大回転したらしく、枕の上に足が乗っている。それでも落下しなかったのは、このベッドが途方もなく大きいからだろう。沈み込むような寝心地も抜群で、昨日は横になるなり熟睡してしまった。おかげで体調はすこぶる良好である。

いつもは床で寝ているゼトも、今日は珍しくベッドの上でとぐろを巻いていた。

「我が妹君は、相変わらず寝相が豪快だね」

頭上から声をかけられ、ラヴィニアは慌てて上体を起こす。声の先に立っていたのは、すでに身支度を終えた兄、レオン・バースタインだった。

「おはよう、ラヴィニア。もう朝だよ。朝食を用意させたから、一緒に食べよう」

居間には真白いクロスを広げたテーブルが置かれていた。その上に並ぶのは、ホテル・アルハイムが誇る朝食の数々である。

言われるまま椅子に腰掛けると、ラヴィニアは向かいに座る兄の顔を無言で眺めた。

『父上は、君のことをとても心配していたよ』

昨日、突然ラヴィニアの前に現れたレオンは、正体を現すなりそう言った。

『方々を捜し回って、やっと君がアルハイムにいることを突き止めたんだ。そこで僕が父上の代理として、君を迎えに来たんだよ』

『それで、わざわざクリストフ夫妻を送り込んできたのですか？　そうすれば、私がホテルにいられなくなるから』

『それは違う。クリストフ王子のアルハイム入りに、父上は関与していないよ。彼らは、彼ら自身の意思でここに来た。誓って言えるよ』

世界屈指の嘘つきである兄に言われても、素直に「そうですか」と納得できなかった。

だがラヴィニアをホテルから追い出すならば、もっと上手《うま》いやり方があったはず。そう考えると、父セオドアの関与の線は確かに薄いのかもしれない。

『とにかく、一度国に帰ろう。感情的になって家を出ていくなんて、君らしくないよ』

『私らしくない、ですか』

つい皮肉げに、言葉を繰り返してしまった。兄だって、ラヴィニアが祖国でどんな目に遭ったか知らないわけではないだろうに。

だがレオンは妹の気持ちをさらに逆撫《さかな》でするように、優しく穏やかな声で言った。

『君だって本当は、父上が迎えに来てくれるのを待っていたんだろう』

『……は？　私、が？』

侮辱的ですらある問いかけに、ラヴィニアは眉《まゆ》を吊《つ》り上げた。しかしレオンは野良猫でも見るかのように、妹に憐《あわ》れみの目を向ける。

『本気で父上に反抗するつもりなら、名前も顔も変えるべきだった。だけど君はラヴィニアという名のまま、西大陸人だらけのこのホテルでコンシェルジュなんて仕事をしている。こんなの、見つけてくれと言っているようなものじゃないか』

『それは。私がこんな場所で働いているなんて、誰も考えないだろうと思って……』

『確かにそうかもね。だが本気の君は、そんなぬるい対応などしないはずだ』

兄の言葉が、ラヴィニアの本心を次々と剝《む》き出しにしていく。

本当は、お父様に気づいてもらいたかった。お父様に迎えに来て欲しかった。サリーナの父親のように、泣いて無事を喜んで欲しかった。

ずっと目を背け続けてきた、幼い欲求。そのすべてをあらわにされて、ラヴィニアは言葉を詰まらせた。

『いずれにしても、この先一族の目を逃れて生きていくなんて無理な話だ。だから、一緒に帰ろう。お前の居場所はバースタイン家にしか存在しないよ』

何も言えなくなった妹の肩に、レオンは優しく手を置いた。その手を振り払う気力もなく、ラヴィニアは無言でうなずくことしかできないのだった。

「ラヴィニア。食べないのかい」

声をかけられて、はたと我に返る。

「いえ、いただきます」

慌ててナプキンを膝《ひざ》の上に乗せ、ラヴィニアは銀のカトラリーを両手に持った。子供ではないのだ。いつまでも思い悩んでいると思われたくはない。

本日の朝食は、搾りたてのオレンジジュースにヨーグルトとフルーツサラダ。卵料理はシンプルなオムレツで、黄金《こがね》色のトーストが銀製の籠《かご》に恭しく並べられていた。さらにバターや各種ジャムも用意され、テーブルの上は豪勢な輝きに満ちている。

「船の上では食事も期待できないからね。しっかり食べたほうがいい」

レオンが二人分のカップにコーヒーを注いでくれた。立ち上る湯気と共に、香ばしい豆の香りが部屋に広がった。

「船は昼前に出発でしたっけ」

「ああ。だけど、パレードの関係でそろそろエルネシア湾の通行が閉鎖されるらしいからね。食事を終えたらすぐに支度してホテルを出るよ」

カップを片手に、レオンは新聞紙を広げる。その姿は妹ですら感心するほど完璧《かんぺき》な美青年だった。昨日見た野暮ったい紳士の姿が、いまでは夢のようである。

レオンを変装の妙手たらしめているのは、高い演技力でも、見た目を変える技術でもない。とにかく彼は、他人の意識を誘導するのが上手《うま》いのだ。

訛りのある言葉を喋り、落ち着きなく視線をさまよわせれば、それだけで人々は彼を「田舎から来たお上りさん」と認識してしまう。その下にどれだけ麗しい顔が隠れていようと、気づく余地すら与えられない。

(私もまだまだね。お父様どころか、お兄様にすら敵《かな》わない)

自嘲《じちょう》まじりにパン籠へと手を伸ばす。するとラヴィニアは、薄切りのトーストの中に一つ妙なものが紛れていることに気がついた。手に取ったそれは、いつかレストラン・アンブロワジーで見かけた柑橘《かんきつ》のペイストリーである。

「おや。トースト以外は注文していないのだけどな」

ラヴィニアが手にしたパンを見て、レオンは眉を上げた。けれども単なるボーイの配《はい》膳《ぜん》ミスと思ったか、気にする様子もなく新聞に視線を戻す。

きっとこれは、あの黒髪の青年の仕業に違いない。ラヴィニアが国に帰ると聞いて、そっと朝食に忍ばせてくれたのだ。

(律儀なやつ)

自然と口の端に笑みが浮かんだ。ラヴィニアはペイストリーを自分の皿の上に載せると、物欲しげな顔のゼトに呼びかける。

「ゼト。一緒に食べましょうか」

「しゅ！」

さくさくのパイ生地を手で千切って、パン用の小皿にゼトのぶんを分けてやる。中には柑橘の皮を練り込んだクリームが詰めてあって、口に含むと爽《さわ》やかな甘みが鼻に広がった。

蛇のような見た目のくせに卵よりもパンの方がお好みのようで、ゼトはパンの欠片《かけら》を口に含むと、丸ごと呑《の》み込んでしまう。捕食めいた食事の様子も、見慣れた今では可愛く見えなくもない。

「蛇を手懐《てなず》けるなんて、お祖母《ばあ》様みたいなことをするね」

いつの間にかレオンは新聞を下ろして、ゼトに熱心な視線を注いでいた。それどころか自分のフルーツをゼトの皿に載せて、「さあお食べ」と声までかけている。

「見た目は蛇ですが、この子は精霊です。言葉は通じるし、冬眠しないし、なんでも食べますよ。一応、アルハイム公の使い魔だそうで」

「へえ、便利そうだね。間諜《かんちょう》に使えそうだ」

どうやらレオンは、ゼトを犯罪に活用できないか考えていたらしい。ラヴィニアが庇《かば》うようにゼトを膝の上に避難させると、レオンは「ふ」と薄く笑った。

「何にしても、その子とはここでお別れした方がいいんじゃないかな」

「……そうですね」

ゼトはルードベルトの使い魔だ。何も言われないので散々連れ回してしまったが、そろそろ解放してやるべきだろう。

「しゅ？」

「ゼト。あなたには色々と世話になったわね。さ、ルードベルトの所に戻りなさい」

ゼトは不思議そうにラヴィニアを見つめた。数秒して、別れを切り出されているのだと理解したらしい。「もう少し一緒にいようよ」と言いたげに、ラヴィニアの手首に巻きつこうとする。

だが触れられるより先に手を引っ込めて、ラヴィニアはゆっくり首を横に振った。

「これから色々やることがあるから。もう行って」

しゅる、とゼトは赤い舌をしまいこむ。そして「しゅう」と悲しげな声を漏らすと、家具の隙間へと姿を消すのだった。

食事を終え、レオンが田舎紳士の姿に変装を終えたところで兄妹《きょうだい》はホテル・アルハイムを出た。その後はホテルの専用艇に乗り込み、アルハイム港へと移動する。

平時には巨大な船舶が鼻先を並べるアルハイム港も、今日に限っては船影がまばらだった。これも、エルネシア湾への船舶立ち入りが制限されているためだろう。

レオンが手配したのは、古びた商船だった。いかにも気の荒そうな船員たちが、怒鳴り合うようにして出港の準備を進めている。運び入れられる貨物のあいだでは、ネズミがチュウチュウと我が物顔で闊歩《かっぽ》しており、お世辞にも衛生的とは言えない光景が広がっていた。

「これに、乗るんですか」

「今日出港の船がこれしかなくてね。嫌でも眠っていれば西大陸に着くから大丈夫だよ」

穏やかに暴論を吐きながら、レオンは近くの船員に声をかけた。どうやら本気でこの船に乗るつもりらしい。

そもそもまっとうな船はパレードの日程を見越して、停泊と出港の時期を調整するものである。今日出港の船がこれしかないということは、この船が信用ならない何よりの証明となるのではないだろうか。

(足を伸ばせるぶん、芋箱で移動するよりましか)

無理やり腹を括《くく》ると、ラヴィニアは兄の後に続いた。ここに残ったところで、出来ることなど何もないのだ。今は黙って、兄に従うべきだろう。

「ラヴィニア！」

舷梯《タラップ》に片足を乗せたところで、聞き慣れた声が耳に届いた。振り向くとメイド姿のマルルカが、箒《ほうき》を片手にこちらへ走る姿が見える。

「マルルカ!? どうして」

とうとうラヴィニアの前に立つと、マルルカは膝に手をついてふうふうと乱れた息を整えた。

「ま、間に合ったぁ」

部屋も空っぽにしていたしさ、と語るマルルカの額から汗が一筋こぼれ落ちる。

「ひどいよ、ラヴィニア。私たちに何も言わず帰ろうとしちゃうんだもん」

「大丈夫。それより、ちゃんとお別れが言いたくて……」

「だからって、追いかけて来たの？　もうすぐ湾が閉鎖されるのに」

すう、とマルルカは深呼吸して言葉を切った。手にしていた箒を握りしめて、力一杯宣言する。

「私たち、みんなラヴィニアの味方だから！」

ありきたりな別れの言葉を予想していたラヴィニアは、マルルカの言葉に虚をつかれた。ありがとう、さようなら——と、用意していた返答が喉《のど》の奥に引っ込んでしまう。

「もう、あの王子様のお嫁さんってひどいんだよ。バルコニーに物を置くのは禁止なのに、無理やり国旗をバルコニーにくりつけるの。それを注意したら、ひどい、言いがかりだって泣く真似しちゃって」

珍しく頬を膨らませて、マルルカは拳《こぶし》を振るった。マリアンナの傍若無人な振る舞いには、寛容な彼女も困り果てているようだ。

「王子様もお嫁さんの言いなりで、ずっと二人でベタベタしているの。プライドの高いラヴィニアがあの二人に嫉妬《しっと》して嫌がらせをするなんてありえないって、みんな噂している よ」

「そ……そう」

態度が大きいとか、プライドが高いとか、妙な部分で信頼を得てしまったものである。

手放しには喜べないが、つい口元が緩みかけた。

「ねえ、無理に帰らなくてもいいんじゃないかな。あの王子様のせいで、故郷にいづらくなったんでしょう。この国なら、誰もラヴィニアのこと悪く言わないよ」

「だめよ。私がいたら迷惑がかかるもの。それに、父も待っているから」

込み上げてくる感情を押し止《とど》めながら、ラヴィニアは言い切った。そうだ。国に帰ればお父様が待っている。自分がいなくなって、少しは後悔してくれただろうか。いや、絶対にしているに違いない。だからわざわざ、お兄様を派遣したのだ。

「……そっか。家族が故郷にいるんだもんね」

マルルカは力なく肩を落とした。小柄な体が、さらにしゅんと小さくなる。

「でも、何かあったらホテル・アルハイムに戻っておいで。ラヴィニアだったらいつでも大歓迎だよ」

「そうね。その時はお願いするわ」

「ラヴィニア、そろそろ時間だよ」

一足先に舷梯を上ったレオンが、頭上から声をかけてきた。船員たちも次々と船に乗り込んでいる。間もなく出港らしい。

「あの人が、ラヴィニアのお兄さんなんだね。似てないからびっくりしちゃった」

マルルカは甲板へと消えゆくレオンを見上げた。確かに変装したレオンとラヴィニアは赤の他人同士にしか見えないだろう。

「似ては、いるのだけれど。今は諸事情があって――」

そこでラヴィニアは言葉を止めた。違和感が頭をもたげる。けれども、今の会話のどこにひっかかりを覚えたのか、自分でもよくわからない。

「おい、乗るならさっさと乗ってくれや」

船員の一人が、じれったそうに声をかけてきた。これ以上引き止めるのも悪いと思ったか、マルルカが遠慮がちに一歩さがる。

「じゃあね、ラヴィニア」

「……ええ」

ひとまず、余計な考えは頭の隅に追いやった。今は目の前にいる友人に心を割くべきだ。

「短い間だったけど、ありがとう。あなたのおかげで、その……楽しかった」

そこまで言って、名残惜しさを断ち切るように、一気に舷梯を駆け上った。鼻の奥がツンとする。こんなにも絆《ほだ》されていたことに気づかされて、自分自身への戸惑いを隠せない。

「風が冷たいな。船室へ行こうか」

甲板の中ほどに立つレオンが、ゆっくりと歩み寄ってきた。エスコートにしては強い力で背中を押される。

「こんな船でも、お茶くらいは用意できるだろう。部屋でゆっくりしようじゃないか」

「お兄様。やっぱり私」

「大丈夫。君の居場所は、ちゃんとバースタインにあるよ」

びゅう、と二人の間に風が吹いた。偽りの姿のまま、レオンはにこりと笑顔を作る。

「父上もずっと、君のことを心配していたんだ。大丈夫。すぐにまた、昔のように仲良く話せるようになるよ」

さらにレオンは妹の背中を押す。その力強さに眉《まゆ》をひそめた瞬間、やっとラヴィニアは違和感の正体に気づいたのだった。

「お兄様。いったい、何から私の目を逸《そ》らそうとしているのです」

「何のことかな」

表面上は笑顔のまま、レオンの瞳《ひとみ》の色が変わった。ラヴィニアは兄の手を振りほどき、数歩離れて前を見据える。

「私を連れ戻すためだけならば、わざわざ偽名を使う必要も、顔を偽る必要もなかったはず。それなのに、何故わざわざそんな格好をして、すぐに正体を明かそうとしなかったのです」

「君の真意を探るためだよ」

レオンは即座に回答した。

「疑いたくはないが、もし君が本気で父上に反旗を翻そうとしていたなら、君を連れ戻すことはできない。だから、どうして君がホテル・アルハイムにいるのか確かめようと思ったんだ。それに父上は君のことを」

「またお父様、ですか」

うんざりするほど繰り返される単語に、ラヴィニアの顔が皮肉で歪《ゆが》んだ。

「お父様の名前を出せば、私が冷静でいられなくなることをわかっていらっしゃるのですね。だからそうやって、すぐにお父様の名前を出す」

「ラヴィニア、僕は」

「もう結構です」

問い詰めたところで、簡単に口を割るような兄ではない。何か言いかけた兄を右手で制して、ラヴィニアは思考を巡らせた。

ラヴィニアが目的ならば、レオンは姿を変える必要などなかった。ならば何故、姿と身分を偽ったのか？　レオンが正体を隠さねばならない相手とは誰なのか？

――そんな人物、一人しかいない。

「お兄様は、〝ホテル・アルハイムにいた〟という痕跡《こんせき》を残してはいけなかった。つまり、あのホテルでもうすぐ、何かが起こるということですね」

「…………」

「それも、クリストフに関するなにか──」

レオンは何も答えないが、正解に近づく手応《てごた》えがあった。ならば自然と、その先に控える答えも見えてくる。

「もしかして、彼は殺されるのですか？」

バースタイン家次期当主である兄が動かねばならぬほどの、大きな〝何か〟。そんなもの、誰かの生死にかかわるような大きな事件であるに違いない。

「……言っておくけど、父上は関与していないよ」

ラヴィニアの顔に確信の色を見たのか、レオンはあっさりと白状した。

「首謀者は第二王子だ。彼ときたら、野心家のわりに肝の小さい男でね。父上がいくら捨て置けと進言しても、クリストフを始末したいと言ってきかないんだ」

婚約破棄騒動で継承権を放棄させたものの、そのせいでクリストフの人気はかえって高まってしまった。それを第二王子は危惧《きぐ》しているのだという。

「どうしてわざわざアルハイムで。あんな男、火をつけるなり水に落とすなり、いくらでも始末する方法はあるでしょう！」

「言っただろう。第二王子は野心家だって」

変装した姿の奥に、レオンの苦々しげな顔が見える。

「アルハイム公国で行われた連合軍の艦隊パレード中、魔族のホテルで連合軍加盟国の王子が命を奪われる。だが犯人は見つからず、行方不明となったなら——誰が真っ先に疑われると思う？」

「魔族の……反連合軍派閥……」

段々と、レオンの言わんとしていることが理解できてきた。

『現アルハイム公の兄貴は魔帝国復権派の頭領になって、水面下で反連合軍活動を始めているとか』

かつて、連合軍少尉カリーニンが口にしていた言葉。ルードベルトの兄が反連合軍活動に加担しているせいで、連合軍全体が警戒しているのだと彼は言っていた。

そんななか、人間側の要人が殺害されたら——。

「まず魔族が疑われるだろうね。そして連合軍は犯人確保の名目で、アルハイムを占領しようとするだろう。そこで発生した禍根が、やがては戦争へと発展する可能性だってある。その時第二王子は〝兄を魔族に奪われた悲劇の王子〟として連合軍内でも大きな発言権を得られるかもしれない」

「クリストフが殺されたからと言って、そこまで都合よく話が進むはずがありません。夢物語です」

「と、父上も忠告したのだけれどね」

レオンの声が、心底うんざりしたものとなる。

「第二王子はその後も父上に隠れて、クリストフの暗殺計画を進めていたらしい。とうとう彼はマリアンナという女を金と脅しで抱き込んで、クリストフをアルハイムに誘導してしまった」

あの女はもともと父上の仕込みなのに。これだから一族以外の人間は信用ならないと、彼は言う。

「こうなっては、我々としても暗殺計画を事前に阻止するか、成功させるかの二択しかない。……だから父上は僕を派遣したんだよ。バースタインの痕跡を残さず物事を処理するなら、僕が一番適任だからね」

「それなのに、いざホテルに到着したら私がいたのですね」

自虐めいた笑みでラヴィニアの口元が歪んだ。

なんてことはない。すべてが偶然だったのだ。

レオンがホテル・アルハイムを訪れたのは、クリストフ暗殺計画を都合よく処理するため。彼はラヴィニアを迎えに来たわけではなかったのだ。

「偶然とは少し違うかな。君だって、複雑な情勢を知っていたからアルハイムに来たのだろう」

「……ええ、そうですね」

魔王城をホテルとして人間たちをもてなす半魔の弟と、魔帝国復権の理念を掲げる純血の兄。有力魔族たちがどちらを支持するかは、一目瞭然《いちもくりょうぜん》だろう。

現在、ルードベルトは非常に苦しい立場に置かれている。兄に魔族たちの忠誠を奪われ、連合軍からは警戒され、手元にあるのは父が遺《のこ》した莫大《ばくだい》な借金ばかり。

普通の人間ならば、とっくに逃げ出してもおかしくはない状況である。だからラヴィニアはルードベルトに目をつけた。困窮した彼ならば、藁《わら》にもすがる思いでラヴィニアの提案を呑《の》むと思ったのだ。

「それで、クリストフはどうやって暗殺される予定だったのですか。それとも、計画は今も進んでいるのですか」

「さあ、どうだろうね。ラヴィニアはどう思う？」

まるで謎かけでもするかのように問い返される。腹立たしいが、嚙《か》みついている暇はない。

「あのマリアンナという女は、505号室にひどく執着していました。ならば暗殺も、505号室で行われると考えるのが妥当かと……」

自分で言って、そこでラヴィニアは不意にあることに思い当たる。

「505号室を荒らしたのは、お兄様ですか」

「その通り。前泊者の夫婦に金を握らせて、使用不可になるまで部屋を荒らせと命じたんだ。だけど、詰めが甘かったね。こんなことなら火をつけるべきだった」

結局レオンの目論見《もくろみ》は外れ、505号室の鍵《かぎ》はクリストフたちの手に渡った。つまり、暗殺阻止は失敗したということになる。

だが、505号室でなければならない暗殺方法とはいったいなんだろう。

『銃声のような音が聞こえて、目の前で男の人が倒れたの』

サリーナの言葉が、啓示のように耳に響いた。

「もしかして、銃での狙撃《そげき》……？」

ふとした思いつきは、真実であるかのように脳にこびりつく。

そうだ、今日はパレード当日。クリストフ夫妻もパレードを見物するために自室のバルコニーに出ることだろう。そこを銃で狙うことは可能なはずだ。

（いや、違う）

『バルコニー前方には小庭園が広がり、さらにその先は海に張り出した海岸広場が広がるのみか。周囲に建造物もありませんし、バルコニーにいる人間を狙撃するのは難しそうですね』

これはかつて、コバック氏と狙撃について検討した時の会話だ。あの時ラヴィニアは、バルコニーにいる人間の狙撃はほぼ不可能であると判断したではないか。

『真の狙撃手とは、〝一発目〟を周到に用意するもの。対象の立ち位置、行動、風速、風向きなどあらゆる情報を徹底的に調べ上げ、確実に対象を狙い撃ってこそ暗殺は成功するのです』

５０５号室のバルコニーを狙撃するなら、高低差がなく、かつ銃を構えていることを誰にも見咎《みとが》められない場所が望ましい。だがそんな都合の良い場所は、ホテル・アルハイムの近辺には存在しない。

では〝狙撃〟という直感は、ただの勘違いなのだろうか。

『当日は立派な船が連なって、エルネシア湾をゆっくりと横断していくの。音楽隊のラッパが響くなか、気球からは紙吹雪が雪みたいに舞い散って、本当に綺麗《きれい》なんだから』

「あ……」

そこでようやく、ラヴィニアは答えに辿《たど》り着いた。すべてが繋《つな》がって、脳にびりりと電流が走る。

「気球、ですか」

「さすが。よくわかったね」

レオンは拍手でラヴィニアを称賛した。

「パレード当日は、ホテルの前に気球が浮く。第二王子はあの場所に狙撃手を配置したんだよ」

「なんてこと……」

試験運転で目にした気球は、ホテル六階程度の高さにまで浮上していた。あの場所からなら、誰にも邪魔されることなく505号室を狙うことができる。

だが地上に係留される気球は、上下に移動することはできても横には移動できない。気球が固定される位置によっては、同じ五階であっても狙撃が困難となる部屋が生じることだろう。だから、マリアンナは505号室に固執したのだ。

「わざわざバルコニーに国旗を掲げていたのも、『クリストフが現れるのはこのバルコニーだ』と気球にいる狙撃手に知らせるため。それに風に流される旗は、バルコニー近辺の風向きや風速を知る指標ともなる」

うわ言のように考えを口にしていくにつれ、仮説が確信へと姿を変えていく。今ではすべての事象が、クリストフ狙撃計画の全容を示しているように思われた。

間もなくサリーナが視た未来のように、505号室でクリストフが撃たれる。

「ラヴィニア、どこへ行くんだい」

くるりと背を向けたラヴィニアに、レオンが声をかけた。振り返らずに、ラヴィニアは舷梯のあった甲板のへりへと足を進める。

「ホテルに戻ります。なんとしても、暗殺を止めないと」

「どうやって？」

訊《たず》ねる声と共に、出航の鐘が鳴った。尾を引くように煤煙《ばいえん》を立ち上らせて、船はゆっくりと港を離れていく。

「まずい！」

思考に没頭するあまり、船の出航準備に気づいていなかった。

甲板の端から下を覗《のぞ》き込むが、黒い水面は遥《はる》か下に見えた。飛び降りたら、死にはしないが無事では済まないだろう。

「あなた！　ボートを降ろしなさい！」

すぐさま近くにいた船員に声をかける。だが人相の悪い船員は、ラヴィニアをじろりと眺めて眉《まゆ》を寄せた。

「はあ？」

「救命ボートよ。それくらいあるでしょう。私は今すぐホテル・アルハイムに戻らなくちゃいけないの！」

ラヴィニアの訴えは、年若い娘の癇癪《かんしゃく》と思われたらしい。船員はやれやれと両手を広げ、持ち場へと戻ってしまった。

「ちょっと――」

「船を降りるなんて言われたら困るからね。謎かけをして、時間を稼がせてもらったよ」

レオンはラヴィニアの隣に立った。遠ざかる陸を前に、吐息を漏らす。

「君があのままホテルにいれば、暗殺が成功しようと失敗しようと、バースタイン家は関与を疑われることになる。だから君を連れ出して、暗殺は成功させてやった方が一族の利になると考えたんだ。騙《だま》したのは悪かったけど、君もそれくらい」

「うるさい！　お兄様なんて大嫌いよ！」

忌々《いまいま》しい兄の口上をぴしゃりと打ち止める。

「いつもヘラヘラ笑って、私のことをおちょくって！　そうやって上から目線であれこれ指図する前に、まずはその気色悪いつけ鼻を外しなさいよ！」

常に笑みを絶やさぬレオンの顔から、はじめて表情がすとんと落ちた。彼は顔に手を伸ばすと、無造作につけ鼻をむしり取る。

「ひどいな。さすがにそれは、傷つくよ」

兄の言葉など、もうラヴィニアの耳には届いていなかった。何か手はないものかと視線を巡らせると、埠頭《ふとう》の端でこちらに手を振る小さな影が視界に入る。

「マルルカ！」

身を乗り出して、大声で叫びながら両手を振った。

「お願い、ホテルに戻って！　クリストフをバルコニーに立たせないで！」

喉《のど》が裂けそうなほど声を張り上げるが、マルルカはこちらに手を振り返すばかりだった。そうする間にもどんどん彼女の姿は小さくなって、船は滑るように速度を上げていく。

「そんな……」

とうとう手遅れを悟って、ラヴィニアはその場に膝《ひざ》をついた。無力感で、体が重い。また何もできなかった。父と兄の手のひらの上で、愚かな道化を演じただけだった。

「たとえあの子に声が届いたとしても、どうしようもなかったよ。すでに湾内の通行は制限されているからね」

レオンは慰めるように、ラヴィニアの肩に手を置いた。腹立たしい重みを感じるが、今は振り払う余力もない。

「国に帰ろう。父上だって、君のことを――」

急にレオンの言葉が途切れた。息を呑《の》むような音が頭上に聞こえる。

「ラヴィニア。どうかしたの？」

「……は？」

見上げた先に、マルルカの姿があった。甲板の手摺《てす》りの向こう——つまりは足の踏み場もないはずの場所から、膝をつくラヴィニアを心配そうに覗き込んでいるのである。

「あ、あの、えっと」

すぐには理解が追いつかず、ラヴィニアは何度も瞬《まばた》きをした。するとマルルカの体がふわりと宙に浮いて、彼女の全容が明らかとなる。

マルルカは、箒《ほうき》に乗っていた。

幼い頃、絵本で見た魔女のように。愛用する箒にまたがり、風を切りながら、船と同じ速度で確かに空を飛んでいるのである。

そのままマルルカは重みを感じぬ動きで甲板に降り立つと、気遣わしげにラヴィニアの肩に手を置いた。

「やっぱり泣いてる。ラヴィニアの様子がおかしい気がして、ついここまで来ちゃった」

「あの、マルルカ」

涙などとっくに引っ込んでいた。それどころかホテルの危機すら一瞬忘れて、ラヴィニアは目の前の少女を愕然《がくぜん》として見つめた。

「あなた、魔女だったの？」

「そうだよ。言ってなかったっけ」

聞いていない。激しく首を横に振るラヴィニアに、マルルカは「えへへ」と照れくさそうに告白する。

「私、魔術師だったんだ。もう廃業したけれど、昔はお城に勤めていたんだよ」

『当時の魔王陛下にお仕えしていた魔術師が、儂《わし》を不憫《ふびん》に思ってくれてな――』

「もしかして、オグマンさんの……？」

「ああ、彼と会ったことあるんだ」

最近忙しくて様子を見に行けていなかったんだよねぇ、と返されて、脳がますます混乱していく。

――思えばコバック氏の部屋を訪ねた時、ルードベルトはマルルカに敬語を使っていなかっただろうか。

彼は客とオグマン、そしてラヴィニアには敬語を使う。ならばマルルカも、オグマン同様、古い時代からの臣下ということになるのでは。

「あの、マルルカ……」

あなた何歳なの、と危うく不要な質問を口にしかける。今考えるべきは、クリストフの暗殺阻止だ。くだらない疑問は後に回さねば。

「マルルカ。クリストフ王子が、命を狙われているかもしれないの」

「い、命？」

「今すぐホテルに戻らなきゃ。お願い、力を貸して！」

マルルカの腕を摑《つか》み、すがるように懇願する。いきなり暗殺事件と口にされて、今度は彼女が愕然とする番となった。

だがそれも、ほんの数秒のこと。太めの平行眉をきりりと引き上げると、マルルカは再び箒にまたがる。

「乗って！」

振り返り、視線で背後に乗るよう促される。

どうやって、などと聞き返す時間も惜しかった。ラヴィニアは勢いまかせに箒の柄をまたぐと、マルルカの体に両手を回した。

「待て、ラヴィニア！」

ずっと沈黙していたレオンが、弾《はじ》かれるように声を上げた。引き止めようとラヴィニアに手を伸ばすが、その手は荒々しく叩《たた》き落とされる。

「お兄様。そこで指を咥《くわ》えて見ているがいいわ！」

ふわ、とラヴィニアの体が宙に浮いた。かと思えば、彼女の姿は鷹《たか》のように、海面近くまで滑空する。

呼び止められるはずもなかった。

次にラヴィニアが振り返った時、船は豆粒ほどの大きさとなっていて、兄の姿はどこにも見えなくなっていた。

7　竜と魔女と魔王の末裔

「海岸広場に気球が上がっていたでしょう。おそらく狙撃手《そげきしゅ》は、そこからバルコニーに出てきたクリストフを狙撃するつもりよ」

「じゃあその気球に乗り込めばいいのかな」

「ええ、急いで！」

ばさばさと耳をつんざく風の音に負けぬよう、ラヴィニアは怒鳴るようにしてマルルカに指示を出した。箒は応《こた》えるように穂先を膨らまし、飛行速度はさらに上昇する。

船を発《た》ったのち、マルルカは海面を走るようにして箒を飛ばした。おそらく、ラヴィニアを気遣ってのことだろう。跳ねる水飛沫《みずしぶき》が、時折脛《すね》にぴしゃりとかかる。

箒に乗るというより、空飛ぶマルルカにしがみついているかのような感覚だった。振り落とされないよう彼女の背中に顔を埋《うず》め、周囲を観察する余裕もない。

「見て、ラヴィニア！　パレードが始まっている！」

マルルカが前方を指し示す。なんとかラヴィニアも、顔を上げて目を凝《こ》らした。

ラヴィニアたちの前方、エルネシア湾の東側から、巨大な装甲艦が列をなして進行していた。まだ小指の先ほどの大きさにしか見えないが、間もなく艦隊はエルネシア湾中央へと辿《たど》り着くだろう。そうなれば艦隊の勇姿を一目見ようと、ホテルの宿泊客たちもバルコニーに出てくるはず。

「大丈夫。海岸広場はもうすぐそこ——げ！」

目的地である海岸広場に視線を移し、ラヴィニアは令嬢らしからぬ声を上げた。

大勢の見物客がひしめき合う海岸広場。その上空に、三つの気球が浮かんでいるのである。広場手前で速度を落とし、マルルカはきょろきょろと三つの気球を見回した。

「ねえ、狙撃犯が乗っているのって、どの気球？」

「わからない。私、てっきり気球は一つと思っていて」

大きな誤算であった。まさか気球が複数用意されていたとは。あの中のどれに狙撃手が乗り込んでいるのだろう。それとも、すべてがそうなのか？

「こうなったら、一つずつ確認するしかないわ。マルルカ、近くの気球に」

言いかけたところで、複数の発砲音が鳴り響いた。同時に銃弾が、耳朶《じだ》の横をヒュンと掠《かす》める。

「マルルカ、上昇して！」

撃たれた、と思ったと同時に叫ぶ。箒は大きく旋回すると、突き上げるようにして高度を上げた。

見れば沿岸部に展開した連合軍の警備兵たちが、ラヴィニアたちに銃口を向けていた。

彼らの顔には驚きと敵意、そして恐怖が浮かんでいる。

「ま、魔女だ！」「魔女が飛んでいるぞ！」「撃て！　撃てーッ！」

悲鳴まじりの怒号と共に、次々と銃声が鳴り響く。逃れるように箒は宙を飛び回るが、それでも髪を、鼻先を、弾丸が掠め去った。

「連合軍！　こんな簡単に発砲してくるなんて！」

「わ、わ、ラヴィニア、どうしよう」

魔女も銃弾には敵《かな》わぬらしい。ライフルの猛威から逃げ回るうち、箒は不規則な軌道を描いて、少しずつ海岸広場から引き離されてゆく。

「マルルカ！　銃弾を弾《はじ》くような魔法はないの」

「ないよ。だから私たち、戦争に負けたんだよ」

当事者にそう言われては、ラヴィニアも黙るしかない。

何か、何か策はないものか――。

視界の中にホテルを捉《とら》えながら、辿り着けぬもどかしさに唇を噛《か》む。その瞬間ラヴィニアは、地に鳴り響くような咆哮《ほうこう》を聞いた。

「……え？」

咆哮は上空から聞こえてきた。音を辿って顔を上げれば、巨大な影が頭上に落ちる。

それは黄金色の竜だった。

全身を鎧《よろい》のように金の鱗《うろこ》で覆った竜が、空を切るようにしてこちらへと飛んでくるのである。

「な、なに、あれ」

「アイン！」

マルルカが叫んだ。いったいどこを見て、アインの名前を呼んでいるのか。「はあ？」とラヴィニアが眉間《みけん》に皺《しわ》を刻んだ瞬間、その横を竜が通り過ぎていく。

「だからあれ、アインだよ！　助けに来てくれたんだ！」

マルルカの声に応えるように二度目の咆哮を轟《とどろ》かすと、竜は連合軍の眼前に降り立った。まるでラヴィニアたちを庇《かば》うように、ばさりと両翼を大きく広げる。兵士たちは銃口を竜に向けるが、放たれた銃弾はことごとく鱗に弾かれる。

(今しかない)

直感めいた確信が、ラヴィニアの脳裏に走る。

見ればホテルの海側壁面で、国旗がはためくバルコニーの窓がガタガタと揺れていた。ややあって、開かれた窓から顔を覗《のぞ》かせたのはクリストフその人である。

竜の咆哮を聞いたらしき彼は、好奇心を抑えきれぬ様子で周囲を見回していた。間もなく海際に竜の姿を認めると、興奮をあらわに大きく外へと身を乗り出す。

「マルルカ、ホテルに向かって！」

「え、気球は」

「いいから早く！」

ラヴィニアの叫びに押されるように、箒《ほうき》は再び速度を上げた。二人の姿は流星のごとく、一直線にホテルへ向かう。

自室バルコニーに出ていた多くの客たちは、迫り来る魔女の姿にあんぐりと口を開けた。その中に、いまだ無防備に立ち尽くすクリストフの間抜け面を見つけて、ラヴィニアは静かに覚悟を決めた。

もう、これしかない。

物理の知識と野生の勘で、505号室に狙いを定める。そのままぐっと歯を食いしばると、やにわに箒から飛び降りた。

「ラヴィニア!?」

その瞬間、すべての景色が時を刻んだように速度を変えた。

頭上に聞こえたマルルカの声が、ゆっくりと遠ざかっていく。下を見やればクリストフが、のったりとした動きでこちらを見上げる。

(引っ込んでいなさい!)

捲《めく》れ上がるドレスの裾《すそ》も厭《いと》わず、ラヴィニアは右足を前に伸ばした。

ぐにゅ、と顔面を踏みつける感触と同時に銃声が聞こえる。踏みつけられたクリストフの顔面直上を、鉛の弾丸が掠め去っていく。

「ぎゃあ!」

クリストフの悲鳴と共に、再び世界の速度が元に戻った。

ラヴィニアはクリストフを押し倒すようにして、505号室に着地する。けれども落下の勢いはおさまらず、彼女の体は投げ出された球のように床を転がり、最後は壁に激突する。

「い、いたた……」

全身が鞭《むち》で打たれたように痛んだ。頭も打ったのか、目の前にチカチカと星が飛ぶ。だが今は苦しんでいる場合ではない。クリストフの無事を確認したら、狙撃手の確保に赴かなければ。

半ば気合いで上半身を起こすと、ラヴィニアは窓辺に顔を向けた。

「うぅ……」

クリストフは押し倒された格好のまま、顔を押さえて呻《うめ》いていた。

片やマリアンナは倒れる婚約者に駆け寄ろうともせず、青ざめた表情で立ち尽くしている。計画の失敗を悟り、途方に暮れているのだろうか。逃げることも忘れた様子で、かたかたと膝《ひざ》を震わせていた。

「よ、よくも」

クリストフが静かに上体を起こした。頭《こうべ》をゆらりと持ち上げて、ラヴィニアを憎悪の瞳《ひとみ》で睨《にら》み上げる。母親譲りの整った顔には、痛々しいほどくっきりと靴底の跡が刻まれていた。

「よくもやってくれたな、ラヴィニア・バースタイン！　こんな異国の地までつきまとい、僕の命を狙おうとするとは！」

「はあ？」

見当はずれな罵倒《ばとう》を食らい、ラヴィニアは言葉を失った。

たった今、命を救ってやったところなのに。この男は銃声が聞こえなかったのだろうか？

「もしやあの竜も、お前の仕業か⁉ 騒ぎを起こしてバルコニーに出た僕を、足蹴《あしげ》にして殺害するつもりだったのだろう！ 邪悪な女め、覚悟するがいい。マリアンナには指一本も触れさせないからな！」

猛々《たけだけ》しく言い切って、まっすぐと指を差される。

あまりの滑稽《こっけい》ぶりに、マリアンナまでもが唖然《あぜん》としていた。ここまで来ると怒る気力も萎《な》えてしまう。

彼には何の言葉も届くまい。ため息をつくと、ラヴィニアはマリアンナに語りかけた。

「あなたは、これほど想ってくれる男を殺そうとしたのよ」

その言葉が自分に向けられたものだと気がついて、マリアンナは目を見開く。

「たぶん、この男が死んでいたら一生後味が悪いままだったと思うわ。私に感謝することね」

「わ、私は」とマリアンナは声を震わせる。

「だって。従わなきゃ、一生牢屋《ろうや》暮らしだって言われて……」

「マリアンナ。何を言っているんだ……？」

とうとうマリアンナは、わっと顔を覆って泣き出した。嘘泣きが得意なようだが、今の彼女は本気で涙しているように見える。クリストフもやっと事情を察したようで、何も言えずに口を閉ざした。

マリアンナは、誰かに止めてもらいたかったのではないだろうか。

だからロビーで騒ぎを起こした。505号室で何かが起こることを、必死に人々に伝えようとした。

——というのは、あまりに好意的すぎる解釈だろうか。

とにかくこの先、マリアンナは牢屋暮らしとなることだろう。だが暗殺が成功していれば、次は口封じのため、彼女自身が狙われていたはず。

これでも彼女はホテルの客人だ。命くらいは守ってやってもいいだろう。

「では、私はこれで失礼します」

いつまでもここで時間を潰《つぶ》すわけにはいかない。気球の狙撃手《そげきしゅ》もとっ捕まえて、第二王子の悪行を晒《さら》してやらねば。

王子夫妻から視線を外すと、ラヴィニアは部屋の外に向かって足を引きずる。

だが彼女がドアノブに手をかけるよりも先に、扉が荒々しく蹴破《けやぶ》られた。扉の向こうに並ぶのは、銃剣を手にした連合軍兵士たちである。

「曹長、やはりあの女です！」

「ただちに確保せよ！　クリストフ殿下のご無事を確認するのだ！」

兵士たちが雪崩《なだ》れ込むようにして部屋に押し入ってくる。ラヴィニアの体はあっという間に部屋の中央へと押し戻され、有無を言わさず両手を背中側に縛り上げられた。

「あ、あなたたち、何なの」

なすすべなく囚《とら》われて、ラヴィニアは兵士たちを睨む。

「ここはホテル・アルハイムよ。誰の許可を得て、連合軍が王の居城に踏み込んでいるの！」

「これは有事である。我々はクリストフ王子殿下の救出に参った」

煙草で焼けたダミ声は、以前も耳にしたことのあるものだった。兵士たちのあいだから、無骨な熊顔がのしのしと進み出てくる。

「あなたは、ガロード曹長！」

「久しぶりだな、お嬢さん。まさかあんたが、あの有名な悪役令嬢だったとは」

砕けた口調で語りかけられる。だが今は、余計な会話にかかずらう余裕などなかった。

ラヴィニアは体を拘束されたまま、ガロードに詰め寄った。

「お願い、今すぐ海岸広場の気球を調べて！　何者かがあそこから、クリストフ殿下を狙撃しようとしたの！」

いまだ宙に浮かぶ気球を、必死に視線で指し示す。

「証拠もある。この部屋のどこかに、弾頭が落ちているはずよ。だから」

「それはこいつのことか？」

ガロードは足元から、何かをひょいと拾い上げた。

ぐにゃりと歪《ゆが》んだ鉛の塊。その表面には、ライフリングの線状痕《こん》が刻まれている。間違いない。これこそが、クリストフの命を狙った弾丸だ。

いち早く証拠が見つかり、ラヴィニアはほっと息を吐いた。これでかけられた嫌疑はすぐに解消されるはず。

だがラヴィニアの拘束が緩まることはなかった。それどころか、ガロードは証拠品である弾丸を、部下の一人にぽいと投げる。

「え……」

「よし。筋書きが決まったぞ」

人差し指をくるくると回して、ガロードはラヴィニアの前を悠々と歩き出した。

「嫉妬《しっと》に駆られたクリストフ殿下の元婚約者が、魔族の協力を得てホテルの部屋に侵入。異変を察して我々が駆けつけた時、すでに殿下とその妻は殺害された後だった」

楽しげに語りながら、ガロードは懐に手を差し込んだ。次いで取り出されたのは、回転式小銃である。

「我々は元婚約者を確保しようとしたが、女は銃器を所持したまま錯乱状態にあった。そのため致し方なく、女に向けて発砲した。――うん、悪くない」

最高の筋書きを書き上げたかのように、野性味のある顔が何度もうなずかれる。こうなっては、ラヴィニアも察するしかなかった。

この男たちは、クリストフを助けに来たわけではない。

「あなたたちも、第二王子の……」

「気づくのが遅いな」

第二王子は連合軍での地位を確立するため、この計画を組んだのだ。ならば連合軍内部に協力者がいたとしてもおかしくはない。確信すると同時に、ラヴィニアは部屋の外に助けを求めた。

「誰か！　助けて、誰か――」

「この階の宿泊客は、すでに部下たちが避難させている。階段、昇降機も封鎖済みだ。間抜けな竜兵どもも出払っているし、誰も助けには来られまいよ」

憐《あわ》れむような声だった。ガロードはわざとらしく眉《まゆ》を寄せて首を横に振る。

「とは言えいつまでも無駄話をしている時間はない。悪いがさっさと済ませてしまおう」

「お、お前たち、何を言っているんだ。僕たちに何をするつもりだ！」

「いや、いやぁ！」

兵士たちに拘束されたまま、クリストフがわめきたてる。その体に寄り添いながら、マリアンナは幼な子のように泣き叫んだ。

「うるさいな。ま、順番はどうでもいい。一番面倒そうなこいつからやってしまえ」

ガロードは顎《あご》をしゃくってラヴィニアを示す。兵士の一人が応じるように、銃剣を構えた。

「じゃあな、悪役令嬢。明日《あした》の新聞が楽しみだ」

兵士が撃鉄を上げ、引き金に指をかける。

もう逃げ場はなかった。両脇を拘束され、身動《みじろ》ぎ一つ許されない。この至近距離では、狙いが外れることもなく、弾丸を頭に浴びることになる。

ラヴィニアは歯を食いしばり、来たる衝撃に身を備えた。

「しゅうう！」

――だが引き金が引かれるその瞬間、銀白の蛇がするりと天井から身を躍らせた。蛇は兵士の腕に巻きついて、銃口の向く先をわずかに逸《そ》らす。

「な、なんだ⁉」

兵士の戸惑う声と銃声が重なった。放たれた弾丸は、ラヴィニアの頬を掠《かす》めて背後の花瓶を破壊する。

「ゼト！」

「な――へ、蛇が！　誰か、助けて！」

いつしかゼトの姿は大蛇となり、兵士の体をぎちぎちと締め上げていた。シャアアア、と威嚇の音を鳴らし、毒々しい口を大きく開ける。

異様な光景を前に、他の兵士たちは仲間の救助も忘れて凍りついた。ガロードですら、大蛇の異貌《いぼう》に一歩後ずさる。

「おいおい、なんだこりゃ……」

「よくやった、ゼト」

戸惑うガロードの背後で、男の声がひそやかに響いた。耳に残るその声に、ガロードは瞠目《どうもく》して振り返る。

そこに立つのは、夜を模したような男だった。黒い髪に、黒い礼服。整った白い顔は、月光を浴びたように際立っている。

「ルードベルト」

吐息と共に、彼の名前が口からこぼれた。ラヴィニアが見たのは、確かにルードベルトの姿だった。

しかし今日の彼は、いつもと様子が違う。

一切の表情なしに兵士たちを見据える顔は、石像のように冷え切っていて——まるで絵物語に描かれる、魔王のようではないか。

「アルハイム公⁉」

「いつの間に……」

部屋の出入り口は、固く閉ざされている。それにもかかわらず、まるではじめからそこにいたかのように佇《たたず》む領主の姿に、兵士たちは畏怖《いふ》と恐怖を滲《にじ》ませた。

最も様相を変えたのは、ガロードである。言い訳できない状況の中、彼はそれでも足《あ》掻《が》くように、媚《こ》びの笑みで顔を歪めた。

「これはこれはアルハイム公。ちょうど良いところに」

さっと小銃をしまい込むと、ガロードは両手を広げる。

「実はこの女が、混乱に乗じてクリストフ殿下の命を奪わんとしておりましてな。貴国の警備では間に合わぬと思い、急遽《きゅうきょ》我々が現場に駆けつけました」

いや殿下がご無事でよかったです、と白々しい台詞《せりふ》が虚《むな》しく響く。当のクリストフは腰を抜かしたまま、何かを訴えたそうに口をぱくぱくと開閉させていた。

「美しい城を荒らして申し訳ない。しかし、閣下は何故こちらに？」

「何故、だと」

ようやくルードベルトが口を開いた。放たれたのは、闇の底から響くような怒りの声である。

「痴《し》れ者が。ここは我が城であるぞ」

突如、室内に暴風が吹き荒れた。巨木も折れんばかりの風圧に、兵士たちの体は壁際へと叩《たた》きつけられる。彼らが手にする銃剣は、風で小枝のように巻き上げられた。

「貴様らの企《たくら》みは、すべて私の知るところである。我が領域を侵し、我が従臣を害し、我が客を弑《しい》さんとしたその罪、決して許されるものではない」

厳かに告げると同時に、バルコニーに続く窓が荒々しく開け放たれた。だがその先に控えるのは、巨大な獣の口腔《こうこう》である。肉色の口蓋《こうがい》はおぞましく、並ぶ歯列は獰猛《どうもう》で、分厚い舌がぞろりと蠢《うごめ》く。

「ファラオン、呑《の》め」

ルードベルトが命じると、口は地鳴りのような音と共に大きく息を吸い込んだ。するとたちまち風向きが変わり、兵士たちの体が吸い寄せられていく。

「いやだ、助けて！」

「誰か！」

悲鳴を上げながら、一人、また一人と兵士の体が呑まれていった。そうして五人が呑み込まれ、最後はガロードも咽頭《いんとう》の奥へと消えようとする。

「ぬうぅ」

だがあと少しのところで、彼は獣の牙《きば》に手をかけた。両足をばたつかせ、必死に牙にしがみつきながら、悲愴《ひそう》な声で慈悲を乞《こ》う。

「大公閣下！　どうかお許しください！　私は、私は命じられただけなのです！」

ルードベルトが片眉を上げげた。それを反応ありと受け取ったのか、ガロードはさらに声を張り上げる。

「すべてお話しします！　だからどうか、ご慈悲を——」

「ファラオン」

もはや聞くに堪えないとばかりに、ルードベルトは僕《しもべ》に呼びかけた。すると獣はべろりと舌を伸ばし、いとも容易《たやす》くガロードの体を絡めとる。「あ」と間抜けな声だけ残して、ガロードは獣の喉奥《のどおく》へと姿を消してしまうのだった。

——あっという間の出来事だった。

嚥下《えんか》の音を鳴らしたのち、獣が「ぷすぅ」とげっぷした。少々生臭いにおいが、微風となって髪を揺らす。

「あ、あの。ルードベルト……」

「殺していません。国際問題になりますからね」

首を横に振って、ルードベルトは窓辺に足を進めた。六人の兵士を平らげた口元を、優しい手つきで撫《な》でてやる。

「嫌なものを呑ませてしまったな。ナバルの所へ行って、吐き出してこい」

ニャア、と獣が応《こた》える。その正体は、まさかの猫だったらしい。

獣がのそりと体を退かせ、バタンと窓が閉じられると、外にはいつもの海景が映し出された。

艦隊の姿はない。騒ぎを聞きつけて、パレードは中止になったのだろうか。船影のない碧色《あおいろ》の海面が、きらきらと陽光を散らしている。三つの気球は、いつの間にか姿を消していた。

「しゅう」

元の姿に戻ったゼトが、ラヴィニアの足元に体をすり寄せた。「また会えたね」と言っている気がする。

「……そうね」

答えるうちに、体から力が抜けていくのを感じた。がたがたと膝《ひざ》が震えて、ぺたりとその場に座り込んでしまう。

あれだけ苦労して整えたはずの505号室は、以前にも増して悲惨な有様となっていた。砕けた花瓶、破れた壁紙、脚の折れたライティングデスク。バーシャがこの部屋を見たら、いったいどんな顔をするのだろう。

そんな荒れ果てた部屋の隅で、クリストフとマリアンナは二人仲良く気絶していた。散々こちらの世話になっておいて、早々に意識を手放す図々《ずうずう》しさが恨めしい。

「遅くなって申し訳ございません」

座り込むラヴィニアの前に、ルードベルトが膝をついた。圧するような威厳は消え失《う》せ、気遣わしげな顔がラヴィニアの視線を受け止める。

「マルルカが箒《ほうき》で観覧会場に駆けつけて、事情を説明してくれました。あなたがいなければ、どうなっていたことか」

詳細は聞き流すことにした。この場で魔術の法的問題性を議論したくはない。ラヴィニアは感謝の言葉だけ受け取って、ルードベルトの美貌《びぼう》をぼうっと眺めた。

「……私も、箒に乗って空を飛んだの」

「それはそれは。ひどい乗り心地だったでしょう」

魔王の末裔《まつえい》も、箒には良い思い出がないらしい。彼は本気で不快そうに、眉間《みけん》に強く皺《しわ》を寄せた。

「私も子供の頃、マルルカにせがんで乗せてもらったことがあります。その後しばらく立てなくなって、一生歩けなくなったのではないかと泣いたものです」

「あなたが？」

「はい、忌まわしい思い出です。ラヴィニアさんも、お疲れでしょう。少しお休みになってはいかがですか」

囁《ささや》くように言われた瞬間、緊張の糸がぷつりと切れた。ずしんと体に、疲労と重みがのしかかってくる。

「……そうね。疲れたわ」

意識も次第に遠のいた。ぐらりと傾く体を、誰かが優しく受け止めてくれる。そのまま抱き上げられたような気もしたが、事実を確認するだけの力はすでに残されてはいなかった。

「あと、よろしく」

そう言って、とうとう意識を手放す。耳元で、「はい」と答える声が聞こえた。

エピローグ　魔王城とコンシェルジュ

華々しいパレードの裏で起きた、クリストフ暗殺未遂事件。その黒幕が実の弟であったという事実は、世界各地の紙面を大いに賑《にぎ》わせた——なんてことはなく。

翌日の新聞では、艦隊パレードが天候不良で中止となったことだけが、紙面の端にちょろりと小さく書かれていた。

「そりゃあ、俺たち連合軍が王子暗殺に関わったと知れたらまずいからな」

と、あけすけに語るのはカリーニン少尉である。

実のところ、彼は一部連合軍兵士と加盟国高官の癒着について、内偵調査を命じられていたらしい。だが確たる証拠を押さえる前に今回の事件が起こってしまったそうで、彼は事件の翌日、謝罪と事情聴取を兼ねて療養中のラヴィニアの部屋を訪ねてきた。

「おまけに王子暗殺を食い止めたのは、空を飛ぶ魔女に黄金の竜。そして偉大なる魔王の末裔。こんな事実が露見したら、連合軍の威厳はぼろぼろだ。そりゃお偉方も全力で事実を隠蔽《いんぺい》するだろうよ」

「ずいぶん他人事《ひとごと》のように話すのね。あなたも連合軍の一人でしょう」

「俺は日銭を稼ぐために、連合軍に属しているだけさ。主義主張を掲げたところで、面倒な仕事が増えるだけだからな」

主義主張がないからこそ、内偵調査なんて面倒な仕事を押しつけられてしまうのではないだろうか。そう思わなくもなかったが、ラヴィニアはあえて指摘を差し控えた。カリーニンのような、自覚なき律儀な男は利用しやすい。彼には末長く連合軍でご活躍いただこう。

「ちなみにこれは独り言なんだが。今回の暗殺事件はもみ消されたものの、事件に加担した某国関係者は内々に制裁を受けることが決まったらしい。これで少しは、今日の飯が美味《うま》くなるかな」

そう言ってカリーニンは部屋を後にした。結局彼は大した事情も確認せずに、つらつらと世間話をしただけだった。

大変だったのは、その後のことである。

大きな怪我もなく、そろそろじっとしているのにも飽き始めた頃、突然激しい耳鳴りがラヴィニアを襲ったのである。

『う、う。ラヴィニアさん、ご無事ですか……』

嗚咽《おえつ》まじりの子供の声が脳を揺らし、窓に黒い影が落ちる。「ぎゃあ」とベッドから落ちたラヴィニアが見たのは、室内を覗《のぞ》く巨大な竜の顔だった。ラヴィニアの横にいたゼトが、「しゅしゅ！」と恐怖の声をあげてベッドの下に潜り込む。

「だめだよアイン！　ラヴィニアは念話ができないんだから！」

同時に部屋の扉ががばりと開いて、マルルカとバーシャ、カルロが現れた。さらにその背後には、ナバルの姿もある。彼女たちが窓に向かって「しっし」と追い払うように手を振ると、竜はしょぼんと切なげな目をして窓から離れた。

「や、やっぱりこれ、アインなの」

「そうだよ。昨日、私たちを助けようとして竜に転変したんだって。しかも人間には手を出さずに、ずっと銃弾を受け止めてくれたんだよ」

マルルカは見舞いの花を部屋に飾りながら、事情を説明してくれた。

「竜兵隊って、全員竜族出身だからみんな竜になれるんだ。でも竜の姿になると構造上の問題で喋《しゃべ》れなくなるから、仲間同士の意思伝達に念話を使うの」

「そ、そうなの。でもほとぼりが冷めたなら、人間の姿に戻ればいいんじゃない」

『僕、まだ上手に人間の姿と竜の姿を切り替えられなくて。一度竜になったら、数日はこのままなんです。そのせいで昨日から、ずっとこの格好で野宿で……』

キィィン、と再び耳鳴りがラヴィニアを襲う。そこでナバルが窓辺に睨《にら》みをきかせた。

「アイン、人前で泣くなといつも言っているだろう！　それに助けた相手を苦しめては、せっかくの功績が台無しだぞ」

『うぅ』

「閣下からお褒めの言葉をいただいたのだろう。竜兵の名に恥じぬ行動を示せ」

オォン、と今度は喉《のど》から悲しげな咆哮《ほうこう》を漏らすと、アインはのし、のしと地響きを鳴らして寮から離れていった。ラヴィニアは痛む右足を引き摺《ず》って窓辺に寄ると、外に向かって大きく叫ぶ。

「アイン。助けてくれてありがとう！」

陽光を受けて、ぎらぎらと輝く黄金色の竜がこちらを振り向いた。彼はこくりとうなずくと、翼を広げて空に飛び立つ。

（これからも、あの子には優しくしておこう）

アインの猛々《たけだけ》しい姿に若干の恐怖を覚えながら、ラヴィニアは胸の奥で密《ひそ》かに誓った。

「俺も行ってくる。付いていてやらないと、人恋しさに何をしでかすかわからん」

アインが消えた方角を見つめたあと、ナバルは部屋から立ち去ろうとする。その背中に、バーシャが間髪をいれず声をかけた。

「お待ち。あんた、ここに何しに来たんだい」

「それは……」

「竜兵の名に恥じぬ行為を示すんだろう。男を見せな」

恐らくだが年長の女性に叱りつけられ、ナバルは渋々と振り返った。いつものむすっと不機嫌そうな顔が、ラヴィニアに向けられる。

「すまなかった」

ところが投げかけられたのは、謝罪の言葉だった。てっきり小言か苦情を浴びせられるものと思っていたラヴィニアは、「は？」と聞き返してしまう。

「だから、すまなかったと言っている！　本来、城と客を守るのは俺たち竜兵隊の役目だ。それなのに、敵の侵入を易々と許した挙句、無関係なお前を危険な目に遭わせてしまった」

その怪我もすべて俺の責任だ、とナバルは自戒を込めて言う。ここまで真摯《しんし》に謝られては、ラヴィニアも茶化すことができなかった。

「あまり気にしないで」

「お前……」

「べつに、同情しているわけじゃないから。だって、この騒動に私の実家も少なからず嚙《か》んでいるのよ」

家を飛び出したとは言え、ラヴィニアはバースタイン家の長女である。おまけにクリストフの元婚約者とあっては、今回の事件に無関係とは言えないだろう。

（この先、バースタイン家はどうなるのかしら）

実家にはできるだけ痛い目に遭ってほしいが、暗殺には関与していないだけに、そこまで大きな打撃は与えられないかもしれない。

だが、ラヴィニアを切り捨ててまで取り入ろうとした第二王子が失脚したのだ。今頃セオドアは、台無しとなった計画の後始末に奔走していることだろう。その様子を想像すると、黒い笑いが止まらなかった。怪我がなければ乾杯したいくらいである。

ふふふ、と笑い出したラヴィニアに、ナバルも謝罪の意欲が失《う》せたらしい。彼は「邪魔したな」とだけ言い残すと、今度こそ部下を追って部屋を出て行くのだった。

「しかし、大活躍だったようだね」

ナバルが退室したところで、カルロが陽気に口を開いた。

「マルルカちゃんと、空を飛んで回っての大立ち回りだったそうじゃないか。僕も見たかったなあ」

「そのせいで、こいつとマルルカは連合軍の要注意リストに名前が載っただろうがね」

バーシャはラヴィニアを見下ろす。口調はいつもの通り刺々《とげとげ》しいが、どうやらラヴィニアを案じているようだった。

「あんた、これで故郷《くに》に帰りづらくなったんじゃないかい」

「問題ないわ」

その点については、特に懸念はなかった。今のところ、祖国に帰りたいとは思わない。強いて言うなら、喧嘩《けんか》別れとなった兄のことが気がかりだが、あちらが泣いて謝ってくるまでは口をきかない所存である。

「それよりマルルカ。結局あなた何者なのよ。いったいいくつなの？」

「あはは。年はとりすぎて忘れちゃった」

冗談なのか本気なのかわからぬ顔で、マルルカは言ってのける。笑う姿は、やはり少女にしか見えなかった。

「黙っていてごめんね。昨日話した通り、私、魔帝国時代は魔術師だったんだ。城がホテルになってからは清掃部門の責任者を任されていたんだけど、いつまでも老いぼれが役職を埋めていたら後進が育たなくなるでしょう。だから数年前にルームメイドになって、役職は主任……バーシャに譲ったの」

だがいきなり元幹部がルームメイドになったら、現場の指揮系統に乱れが生じかねない。そこでマルルカは、ここ数年の新入りメイドには身分を隠し、正体を知る人々にも馴《な》れ馴れしい態度は取らないよう心がけていたという。

「じゃあバーシャさんが私に妬《や》いていたのは、私が元上司のマルルカと親しそうにしていたからってこと?」

つい声に出してしまった瞬間、バーシャから呪殺《じゅさつ》せんばかりの勢いで見つめられる。ラヴィニアの目にも、彼女の周囲に怒りと恥じらいの感情が目視できるようだった。

「あ、ごめんなさい……」

「まあまあ。母親が若い女の子と仲良くしていたら、そりゃ娘も妬くに決まっているでしょう」

カルロがとりなすようにバーシャとラヴィニアの間に入った。彼の言葉を処理しきれず、ラヴィニアはしばし凍りつく。

「……母親? 娘?」

「バーシャは私の養女なの」

自称老いぼれのマルルカが、まだ幼さの残る顔で語る。

「大戦後は、この国も孤児が多くてね。昔はそういう子を養子として引き取って、ホテルで一緒に働くようにしていたんだ。バーシャは私が引き取った養子たちの末っ子なんだよ。これでも、小さい頃は甘えん坊で」

「母さん！　子供の頃の話はやめてくれといつも言っているだろう」

今度は顔を赤くして、バーシャは口先を尖《とが》らせる。うら若き乙女の姿をした母親と、老女の娘。チグハグにもほどがあるが、確かに二人の間に流れるのは母娘《おやこ》の空気だった。

（まあ、こういうこともあるか）

この国で起こることにいちいち驚いていたら、体がいくつあっても足りなくなる。

ラヴィニアは深く考えることをやめて、仲間との会話を楽しむことにした。

その後もクイナたちメイドやポーター、フロント係など、見舞い客が代わるがわる部屋を訪ねてきた。途中、パトリシア・グリーンなる送り主からレディ・ゼロシリーズのサイン入り全巻セットが届いたが、こちらは大事に棚にしまった。

そうして時間を過ごすうち、気づけば時刻は夜である。

外はすっかり闇に満ちて、空には大きな月が顔を覗《のぞ》かせていた。ラヴィニアは差し入れのローストビーフをこれまた差し入れのパンに挟んでかじりながら、ぼうっと外の景色に目を向けた。

「結局、こっちに残っちゃったわね」

「しゅう……」

ゼトが一丁前《いっちょまえ》に、相槌《あいづち》のようなものを打つ。控え目なノックの音が響いたのは、その時のことだった。

「どうぞ。開いているわ」

扉も見ずに応じれば、現れたのはこの国の大公である。平時は完璧《かんぺき》な佇《たたず》まいを見せる彼だが、今日は髪に乱れがあった。上質な黒の礼服も、ところどころくたびれている。

「失礼します。少し、お話しできますか」

「ええ、もちろん」

ラヴィニアとしても、聞きたいことが山ほどある。彼を窓辺に座らせて、二人は月の下で向き合った。

「――昨日は本当に、ありがとうございました。505号室のお客様は顔面以外に目立った外傷もなく、今も大変お元気だそうですよ」

「残念。せめて鼻をへし折ってやればよかった」

「聞かなかったことにしましょう」

飛び出た暴言を、ルードベルトは麗しい横顔で受け流す。

「連合軍からも謝罪がありました。協議の結果、この件は内々に処理することが決まりましたが、これでしばらくは彼らも領内で大きな顔はできないことでしょう」

「いいの。暗殺の濡《ぬ》れ衣《ぎぬ》を着せられた上に、戦争を仕掛けられたっておかしくない事態だったのよ。ちょっと甘すぎるんじゃない」

もしラヴィニアがルードベルトの立場にあったなら、とことん相手の非を突き詰めて、連合軍を領内から追い出しにかかったことだろう。『何もなかったことにしましょう』で終わらせてしまうのは、少々手ぬるい対応に思えた。

「確かに不平等ですが、こちらにもいくつか禁止された魔術の使用が確認されましたので。お互いに深くは追及しない方向で落ち着く形となりました」

すねに傷のある者同士、探り合いはやめてさっさと騒ぎを片付けよう――ということらしい。

服装の乱れ具合からして、ルードベルトは昨日からずっと働き通しなのだろう。その上でこの結果に辿《たど》り着いたのなら、部外者であるラヴィニアには何も言えなかった。

「ま、あなたが納得しているならいいんじゃない」

内心不満でいっぱいだが、特に興味のないそぶりで話題を終わらせる。そんな彼女を見て、ルードベルトはふと小さな笑みを浮かべた。

「……ラヴィニアさんは、祖父がどうして魔王城をホテルにしたのかご存知ですか」

いきなり問いかけられて、ラヴィニアは目を見開く。

――どうして初代アルハイム公は、魔王城をホテルにしたのか。

歴史を学んだことのある者なら、誰もが一度は抱く疑問である。

だがどの教科書にも、『初代アルハイム公は魔王城をホテルにしました』という、奇妙な事実しか記載されていなかった。つまりは誰も、その真相を知らないのだ。

「実を言うと、アルハイム公国建国時、祖父は連合軍から『悪の象徴である魔王城を解体せよ』との勧告を繰り返し下されていたそうです」

それは初耳だった。かつてこの城が取り壊しの危機に瀕《ひん》していたなんて、想像したこともない。

「でも、こうして城が残っているということは、その要求を突っぱねたのよね？」

「いいえ。祖父は連合軍の指示通り、城の一部を解体しました。そして残りの部分に改築の手を加え、魔王城をホテル・アルハイムに造り変えたのです」

「……なんて強引な」

開いた口が塞《ふさ》がらない。つまりルードベルトの祖父は、魔王城を壊せという人間たちに対し『仰せの通り、魔王城を（一部）解体しました。残りはホテルにしたのでもう魔王城ではありません』という暴論を貫き通したことになる。

「連合軍も、ただ魔王城を解体したかったわけではありません。彼らの本当の目的は、魔帝国の象徴である城を破壊し、魔王への畏怖《いふ》と恐怖、そして繁栄の記憶を人々から消し去ることでした」

「強大な指導者の存在を忘れさせて、魔族の結束を弱めようとしたってこと？」

「その通り。ですがそうなれば、魔族たちはこれまで築き上げてきた歴史や文化すら奪われることになりかねません。敗戦国としてどれだけ不利な条件を突きつけられようと、それだけは避けなければならなかった。だからこんな強引な手で、祖父は城を守ることにしたのですよ」

素敵なホテルとして生まれ変わった城を、恐怖の象徴とは誰も言えませんからね、とルードベルトは語る。

計略――と言うより悪知恵のような真相を聞かされて、ラヴィニアはどう答えるべきかわからなくなった。当時解体を迫った連合軍のお偉方も、同じような思いをしたに違いない。

「それで人間側は納得したの」

「批判や反発はあったそうです。ですがホテル・アルハイムが完璧なホテルであり続けるうちに、そうした声も徐々に消えていったと聞いております」

力ずくにもほどがある。だが不思議と痛快な気分になって、ラヴィニアは頰を緩ませた。初代アルハイム公は、魔王城を最高のホテルにすることで、魔族の伝統と文化を守ったのだ。ついでに言えば、ちょっとした意趣返しもあったのかもしれない。

人間たちよ、ここは素敵なホテルだぞ。それなのに、まだ恐怖で足がすくむのか――と。

「初代アルハイム公は、面白い方だったのね」

「はい。本当にこの人が魔王の血を引いているのかと疑いたくなるほど、飄々《ひょうひょう》として突飛な人でした」

自分自身を棚に上げつつ、ルードベルトは誇らしげに語る。

「私にとって、ホテル・アルハイムは祖父が遺《のこ》した魔帝国の遺産そのものです。だからどれだけ困窮することになろうと、この城だけは誰の手にも委ねず自分が守ると心に決めておりました」

それが、ラヴィニアの求婚を断った理由だろうか。ならば正しい判断だったと言わざるをえない。うっかり彼女に経営など任せていたら、今頃城の半分がカジノとなっていたことだろう。

「ですがそんな決意も、昨日の騒動の結果によっては、あっけなく崩れ落ちるところでした」

そこでルードベルトは、窓辺から立ち上がった。腰掛けるラヴィニアの前で膝《ひざ》を折り、まっすぐ互いの瞳《ひとみ》を重ねる。

「本当に、ありがとうございました。あなたが身を挺《てい》して助けてくださらなければ、我々は大事なものを失うところでした」

「え……ええ」

すぐに声が出なかったのは、彼の美貌《びぼう》に見惚《みと》れたからではない。

ずっと父に認められたいと願ってきた。父に相応《ふさわ》しい娘であろうと、悪事の知識ばかりを溜《た》め込んできた。

そんな自分が、故郷から遠く離れた魔族の地で、誰かの救いになっている。その事実を突きつけられて、どんな反応を示せばよいのかわからなくなってしまったのだ。

「どうして危険を冒してまで、このホテルに戻って来てくれたのです。あなたには、なんの利益もなかったはずなのに」

「――そんなの」

あなたたちの助けになりたかったから、などとは口が裂けても言えない。

無難な答えを探りつつも上手《うま》い言葉が思い浮かばず、結局ラヴィニアはいつもの悪辣《あくらつ》な笑みで本音を隠した。

「私を馬鹿にした連中に、一泡吹かせたかっただけよ」

「そう、ですか」

見透かすように、ルードベルトは目を細めた。彼は姿勢を正すと、芝居がかった声で言う。

「ところで、当ホテルは現在大変な人材不足でして。優秀なコンシェルジュを募集しているのですが、ラヴィニアさんの今後のご予定はいかがでしょう」

「そうね。条件によっては、働いてあげてもいいけれど」

本音を言うと、すぐにでも雇ってほしい。なにせラヴィニアは、全財産を船の上に置いてきてしまったのだから。頼みの綱だった〝持参金〟も、同じく海の上である。

「いいの？　悪役令嬢を雇っていると知れたら、あれこれ新聞に書き立てられるわよ」

「素晴らしい。広告代が浮いて助かります」

大真面目な顔で、ルードベルトが言う。

一拍置いて、二つの笑い声が月夜に響いた。

本書は二〇二四年十一月から二〇二五年二月までカクヨムネクストで連載された「魔王城ホテルの悪役令嬢お客様のお悩みは、悪の知識で解決いたします」を加筆修正の上、文庫化したものです。

この作品はフィクションであり、実在の人物・地名・団体等とは一切関係ありません。

魔王城《まおうじょう》ホテルの悪役令嬢《あくやくれいじょう》

お客様《きゃくさま》のお悩《なや》みは、悪《あく》の知識《ちしき》で解決《かいけつ》いたします

春間《はるま》タツキ

令和7年 2月25日 初版発行

発行者●山下直久

発行●株式会社KADOKAWA
〒102-8177 東京都千代田区富士見2-13-3
電話 0570-002-301(ナビダイヤル)

角川文庫 24538

印刷所●株式会社暁印刷
製本所●本間製本株式会社

表紙画●和田三造

ISBN 978-4-04-115824-1 C0193

◇◇◇

角川文庫発刊に際して

角川源義

第二次世界大戦の敗北は、軍事力の敗北であった以上に、私たちの若い文化力の敗退であった。私たちの文化が戦争に対して如何に無力であり、単なるあだ花に過ぎなかったかを、私たちは身を以て体験し痛感した。西洋近代文化の摂取にとって、明治以後八十年の歳月は決して短かすぎたとは言えない。にもかかわらず、近代文化の伝統を確立し、自由な批判と柔軟な良識に富む文化層として自らを形成することに私たちは失敗して来た。そしてこれは、各層への文化の普及滲透を任務とする出版人の責任でもあった。

一九四五年以来、私たちは再び振出しに戻り、第一歩から踏み出すことを余儀なくされた。これは大きな不幸ではあるが、反面、これまでの混沌・未熟・歪曲の中にあった我が国の文化に秩序と確たる基礎を齎らすためには絶好の機会でもある。角川書店は、このような祖国の文化的危機にあたり、微力をも顧みず再建の礎石たるべき抱負と決意とをもって出発したが、ここに創立以来の念願を果すべく角川文庫を発刊する。これまで刊行されたあらゆる全集叢書文庫類の長所と短所とを検討し、古今東西の不朽の典籍を、良心的編集のもとに、廉価に、そして書架にふさわしい美本として、多くのひとびとに提供しようとする。しかし私たちは徒らに百科全書的な知識のジレッタントを作ることを目的とせず、あくまで祖国の文化に秩序と再建への道を示し、この文庫を角川書店の栄ある事業として、今後永久に継続発展せしめ、学芸と教養との殿堂として大成せんことを期したい。多くの読書子の愛情ある忠言と支持とによって、この希望と抱負とを完遂せしめられんことを願う。

一九四九年五月三日

聖女ヴィクトリアの逡巡

アウレスタ神殿物語

春間タツキ

帝国皇帝の不審な死の真相を暴け。

アウレスタ神殿の物見の聖女、ヴィクトリアは、霊や魔力を視《み》ることができる。その力で帝位継承にまつわる陰謀と、騎士アドラスの出生の秘密を明かしてから数週間。ついに皇帝が崩御し、10人の候補者の互選によって次代皇帝を決める継承選が始まった。だが、ある候補者の策によって、帝位を望まないアドラスが当選してしまう。再投票の交換条件として、ヴィクトリアは謎めいた皇帝の死の真相を解き明かすことになり……⁉

角川文庫のキャラクター文芸

ISBN 978-4-04-112492-5

古城ホテルの精霊師

深見アキ

美しき古城ホテルへようこそ!

古城ホテルで働く新米コンシェルジュ、オリビア。彼女は「霊が視える」ことに悩んでいた。ある日、ホテルに“精霊師”だという美青年ルイスが現れる。ホテルの支配人だったオリビアの祖父に「孫娘を頼む」と言われホテルの一室の鍵を渡されたらしい。やがて滞在を始めたルイスは、霊絡みでは頼りにはなるもののマイペースな言動でオリビアを振り回し……。訳アリ宿泊客のお悩みをイケメン精霊師と解決⁉　不思議でおかしいお仕事奮闘記。

角川文庫のキャラクター文芸

ISBN 978-4-04-115111-2

悪役令嬢の兄の憂鬱

夜光花

悪役令嬢の兄は、破滅の未来を回避できるか。

フィンラード王国の若き公爵ユリシスは、冷酷にも見える美貌の持ち主。そんな彼の悩みは妹のイザベラだ。彼女は性格が悪く、婚約中の第一王子と不仲らしい。しかも「イザベラは悪役令嬢であり、ユリシスをも巻き込んで破滅する」という予言を、ユリシスは側近のイザークから聞く。「悪役令嬢とは？」と思いつつ、運命を変えるため動き始めるユリシス。一方、彼に忍び寄る謎の男が……。奇想天外「悪役令嬢の兄」ファンタジー！

ISBN 978-4-04-114612-5

聖獣の花嫁

捧げられた乙女は優しき獅子に愛される

沙川《すなかわ》りさ

――見つけた。お前は、私の花嫁だ。

生まれつきある痣のせいで家族から虐げられてきた商家の娘、リディア。18歳の誕生日を迎えた夜、家族に殺されかけたところを突然現れた美しき銀髪の貴人に救い出される。連れていかれたのは国生みの聖獣が住むとされる屋敷。彼――エルヴィンドは聖獣本人であり、リディアは《聖獣の花嫁》なのだという。信じられないリディアだが、彼に大事にされる日々が始まり……？　生きる理由を求める少女×訳アリ聖獣の異類婚姻ロマンス譚！

角川文庫のキャラクター文芸

ISBN 978-4-04-114539-5

祓屋天霧の後継者

御曹司と天才祓師

竹村優希

私に祓えない霊なんていない。

祓屋の名門「天霧屋《あまぎりや》」。その末裔の三善天馬《みよしてんま》は、自分が家督を継ぐことに乗り気ではなかった。理由は父の最期。悪霊を祓う中で命を落とした父を見て、この仕事に疑問を感じ始めたのだ。そんな中、現当主が突如、「次期当主は世襲を廃止し実力を以て決定する」と宣言。戸惑う天馬だったが、余所者《よそもの》の天才祓師、真琴《まこと》が金銭目当てで名乗り出る。ルール無視で悪霊を祓いまくる彼女を、天馬は警戒するが……。オカルト謎解き物語、堂々開幕！

角川文庫のキャラクター文芸

ISBN 978-4-04-115110-5

どこよりも早く、どこよりも熱く。
求ム、物語発生の
目撃者——
「」カクヨム
ネクスト
Illustration